Sagen und Schwänke aus Bulkesch

Siebenbürgische Volksdichtung

gesammelt
von

Regina Ludwig

Impressum

Druck und Verlag: epubli GmbH, Berlin,
www.epubli.de
ISBN: 978-3-8442-7738-8

Inhaltsverzeichnis:

Vorwort

Als meine Zwillingsschwester **Katharina Zoppelt** und ich uns entschieden für unsere Diplomarbeit an der Hochschule in Hermannstadt in Siebenbürgen die **Sagen** und **Schwänke** aus **Bulkesch** zu sammeln, ahnten wir nicht, dass ein paar Jahre später sich in Siebenbürgen alles ändern würde. Damals war das Anliegen für unsere Abschlussarbeiten, einen bescheidenen Beitrag zur Aufarbeitung des nicht vollständig erforschten Volksgutes der Siebenbürger Sachsen zu leisten. In der Zeit war die Volksdichtung im Allgemeinen und die Sagen und Schwänke im Besonderen im Dorf noch lebendig, aber die Gefahr in Vergessenheit zu geraten war durch das Aufkommen der modernen Medien, wie Radio und Fernseher noch größer geworden.
Als im Dezember 1989 in Rumänien die kommunistische Diktatur gestürzt wurde und ein regelrechter Exodus der Siebenbürger Sachsen begann, blieben in vielen Dörfern nur einige oder gar keine Sachsen mehr. Das kulturelle Leben konnte nur dort aufrechterhalten werden, wo es gekoppelt an die Kirche war und ist.
Deshalb gaben wir uns Rechenschaft, wie wichtig unsere damalige Entscheidung war, diese Sammeltätigkeit sozusagen 5 Minuten vor zwölf gemacht zu haben. Wir gingen zu den Leuten und nahmen ihre Erzählungen mit Hilfe eines Kassetten – Recorders auf, dessen „Qualität" miserabel war. Es war uns wichtig den individuellen Erzähl-Stil unserer Landsleute wiederzugeben.

Die **Diplomarbeiten** beinhalten eine **Bestandsaufnahme** und **Typologisierung** der **Sagen** und **Schwänke.** Wir hatten uns an der **Lautschrift des Siebenbürgisch sächsischen Wörterbuches, Bukarest, Berlin, 1971** orientiert. (Siehe Anhang)
Dieses Werk soll einer Reihe von Büchern vorangehen, die *Siebenbürgische Volksdichtung* und *Volksbräuche, Märchen, Reigen, Kinderspiele,* usw. beinhalten. Den Anfang machen die **Sagen und Schwänken aus Bulkesch**. Um diese Sammlungen einem breiteren Publikum, aber vor allem späteren Generationen zugänglich zu machen, wurden sie ins Deutsche übersetzt, ohne den **fachlichen** und **theoretischen** Teil. Nur die **Gliederung** wird übernommen.

Zwillingsschwestern Teni und Mini geb. Depner (Katharina Zoppelt und Regina Ludwig)

Mein Bestreben ist es, einen Einblick in das Leben und Wirken einer dörflichen Gemeinschaft zu gewähren und mit den **Sagen und Schwänken** sowohl ein „ernstes“ als auch ein „lachendes Bild“ zeigen, das sowohl Züge der entfernten als auch der nahen Vergangenheit zeigt.

Möge dieses Buch ein Zeugnis sein von der Existenz eines Winzerdorfes in Siebenbürgen, das aus dem Drang:

„Deiner Sprache, deiner Sitte, deinem Glauben bleibe treu“,

allen Wirrnissen zum Trotz über 8 Jahrhunderte bestehen konnte und aus dem gleichen Drang nun dem Untergang geweiht ist.

Historische und Fachliche Erläuterungen

Für unsere Diplomarbeiten erhielten wir von Herrn Zimmermann, Rudolph die Chronik, die sein Vater, der Lehrer Zimmermann, Joseph zusammengestellt hatte.
Die Gemeinden Bulkesch und Seiden sind wahrscheinlich in der zweiten Hälfte des 13. Jahrhunderts gegründet worden. Erstmals wurde es schriftlich im Jahre 1319 erwähnt. Wer genaueres über **Bulkesch** und seine Geschichte wissen möchte, kann in dem wunderbar dokumentierten Bulkescher Heimatbuch von **Sara Klein**, **„Bulkesch – Land und Leute,** ***Leben im Siebenbürger Kokelgebiet, (ISBN 3-922979-48-3)*** das in Deutschland erschienen ist, alles nachlesen. Die detailgetreue **Bulkescher Karte**, die ich aus dem eben genannten Werk dankbarer Weise übernehmen konnte, stammt von **Martin Schuller** aus Bulkesch, dem Vater der Autorin Sara Klein.

Natürlich haben sich die historischen und gesellschaftlichen Konflikte auf die Entstehung der Sagen ausgewirkt, obwohl diese nicht immer mit der geschichtlichen Wirklichkeit übereinstimmen. Viele berichten von Konflikten zwischen Adligen und Bauern. Einige Varianten ein und derselben Sage sind nicht nur in Bulkesch bekannt, sondern auch in anderen Dörfern Siebenbürgens.
Viele Erzählungen wurden vergessen. (Sagen von Bulkesch, die Friedrich Müller in seiner Sammlung **„Siebenbürgische Sagen“** Wien, 1885 bekannt waren. Einige sind auch bei Sara Klein in ihrem Heimatbuch aufgeführt worden). Was auch auffallend war, dass fast nur ältere Leute noch Sagen kannten.

Es wird versucht den **Stil des Erzählers** auch in der Übersetzung beizubehalten.

SAGEN AUS BULKESCH

SAGEN VON TRUDEN (MILCHHEXEN)

1. Früher hat man an die Truden geglaubt. Die gingen in den Stall und melkten die Kühe und dann hatten die auch einen Trudengeiger gehabt. Immer am Georgstag haben sie sich versammelt, die Truden, und hatten einen Reigen (Kreis) unten an der Gemeinde. Einmal war einer aus der Mühle gekommen und war in die Truden geraten. Er war aber nicht grob gewesen ihnen gegenüber, sondern hat gesagt: „Der Herr vermehre euch euren Reigen!" Dann haben die Truden zu ihm gesagt: „Der Herr vermehre dir das Mehl, es soll nie abnehmen in der Truhe!"

Erzählt von Depner Sara

2. Die alte *Tinän,* von der sagte man auch sie wäre eine Trud. Sie habe einen Schwanz. Dann wäre sie her zum *Boier Misch* gekommen in den Stall und der hat sie erwischt, der hat sie dann gut geprügelt.

Erzählt von Depner Sara

3. Die alte *Schönauerin*, die ging nur, melkte an dem Pfahl, sie spreche ein Sprüchlein, nun das weiß ich nicht, dann würde sie sich den Milchkübel füllen.

Erzählt von Depner Sara

4. Der alte *Wunder,* sagten sie, der wäre ein Trudengeiger gewesen. Er habe den Truden in der Georgsnacht gegeigt.

Erzählt von Depner Sara

5. Die *Olschergris*, dort neben uns, die musste immer hüten die Kuh, wie lange musste sie immer zu Hause sein, damit man ihr die Milch nicht nehme. Sie hat erzählt, es sei dann ein *Blach* (Walache, Rumäne) gekommen, der hätte ihr die Kuh vertrudelt (verhext), und dann habe sie keine Milch mehr gegeben.

Erzählt von Depner Sofia geb. Wadt

6. Die alte *Tailegris,* aus der *Teschgous*, die wäre auch eine Trud gewesen. Sie hat immer so ein gutes *Kompestbritschen* (Brot in Kohlblättern) mit *Maismehl* gebacken. Sie ist auch über 90 Jahre alt geworden.

Erzählt von Hermann Sofia geb. Walzer

7. Bei meiner Zeit weiß ich keine Truden, nur wie sie erzählt haben, sie wären dann gegangen in der Nacht, die alten Frauen, mit aufgeflochtenem Haar und mit einem weißen Leintuch umgehangen und sind dann gegangen um die gefährliche Stunde, um elf , um zwölf, sie sind dann gegangen zu den Nachbarn und wo die Kühe waren und haben gemolken. Früher lagen die Dienstknechte im Stall, bei dem Vieh, man tat sie nicht ins Zimmer. Und sie lagen im Stall und dann hat er nicht aufstehen können, er wollte aufstehen, er hat die Bewegung gehört, aber er hat nicht aufstehen können bis sie nicht rausgegangen ist, die Trud. Und dann ist sie mit der Milch gegangen und am Morgen hat er erzählt, was er erlebt hat.

Erzählt von Wendel Sofia

8. Mein Vater war Dienstknecht gewesen bei einem *Blachen* (Walachen, Rumänen) und da hat der gesagt; „Du *Mots* (Mathias), du musst ein wenig aufpassen, es gehen Truden um, die die Milch nehmen“. Lasst *Baciu*,“ hat mein Vater gesagt, „ich passe auf!“ Und er hat sich noch einen Kameraden genommen in den Stall zum Schlafen. Früher schliefen die Knechte im Stall. Und um eine Zeit hören sie melken. Sagt mein Vater so: „Hör, hörst du, man melkt. Lass ich geh und wecke den *Baciu* auf, er soll kommen, aber zuerst sperre ich alle Türen zu.“ Er war heruntergekommen aus dem Bett, die Betten waren am Giebel, er war nach vorne gegangen und hat gerufen: „Kommt, *Baciu*, jetzt ist sie im Stall und melkt.“ Und er war aufgestanden und nach hinten gegangen und die Trud hatte ein weißes Leintuch umgehängt gehabt und einen *Birtenbeisem* (Besen) in den Händen und hat immer das Kreuz gemacht, damit sie Angst haben vor ihr. Und dann hat aber der *Baciu* gesagt: "Lass, ich gib dir schon, ich habe keine Angst vor deinem Besen!“ Und hat ihr ein paar Hiebe gegeben und sie dann weg gehen lassen.

Erzählt von Werder Mathias

Maiskorb und Brunnen im Hof von Werder Mathias

9. Es ist hinter dem *Heipner* ein Platz, den hieß man den *Trudenpoddel* (Trudenteich). Das ist auf dem Oi (Ei) und da hatten sie immer an bestimmten Tagen ihre Versammlung die Truden und deshalb nennt man ihn den *Trudenpoddel.*

Erzählt von Werder Mathias

10. Der *Trudenpoddel* befindet sich auf einem Berg und man heißt ihn deshalb so, weil die Truden dorthin gingen, sie sollen sich die *Schouchter* (Milchkübel) dort waschen.

Erzählt von Schuster Susanna, geb. Malmer

11. Auf dem Ei war der *Trudenpoddel*, da war so eine Vertiefung gemacht, dass sich das Wasser dort sammelte im Winter von der Schneeschmelze, von dort soffen die Kühe im Sommer. Es waren noch keine Brunnen gewesen und der Teich war tief und groß und es hieß, dort hätten sie die Truden hineingejagt, damals in der Zeit, wo man die Hexen verfolgt hat. Weißt du, es gab mal einen Hexenprozess und dann hätten sie einige auf heißem Eisen stehen machen. Damals waren die Sachsen noch katholisch gewesen.

Erzählt von Derpner Georg

12. So wäre einmal einer in die Mühle gefahren und kommt nachts nach zwölf dort herauf nach Hause und die Truden haben getanzt auf der Pfarrwiese unten an der Gemeinde. In der Georgs-Nacht haben sie dort getanzt, von zwölf bis um eins. Und als dieser da vorbeigekommen war, hätten sie gesagt: „Dein Mehl soll nie ausgehen, wenn du schweigen kannst." Die haben nicht gewollt, er soll das sagen, dass sie nackt getanzt hätten. Und als das Mehl nicht abnahm, habe seine Frau gefragt: „Hei, warum geht unser Mehl nicht zu Ende, warum geht unser Mehl nicht zu Ende?" Und sie hat ihm keine Ruhe gegeben, bis er es ihr sagte. Und wie er es seiner Frau gesagt hatte, hatten sie kein Mehl mehr gehabt.

Erzählt von Depner Georg

13. Ich sollte in die Mühle fahren und es war Morgens ganz früh, es waren ja 5 Kilometer bis in die Mühle und ich ging in den Garten ich soll Gras holen zum füttern und im Garten war eine Trud und ich sagte zu ihr: „Was sucht ihr in unserem Garten um diese Zeit?" Sie hat mir nicht geantwortet. Ich dachte zuerst, da sie so gebückt ging, es wär´ ein Büffelkalb so schwarz. Sie war schwarz angezogen und so gebückt, ging sie da immer herum und bis ich zwei, drei Wörter sprechen sollte, war sie verschwunden, als wäre sie nicht dagewesen.

Erzählt von Werder Mathias

Bulkescher Mühle mit zwei Läufern

14. Die *Lobsingerän* war in der Nacht in die Mühle auf der *Aa (***Aue von der Kleinen Kokel)** gefahren, damit sie früh an die Reihe kommt und auf einem Weg hat sie eine Gestalt getroffen, die sie gefragt hatte, wo sie hin solle. Sie sagte ihr: „ In die Mühle." Darauf antwortete ihr die Gestalt: „Gott segne dir das Mehl." Und die Frau sagte: „Gott segne dir deinen Weg!" Seither nahm das Mehl kein Ende. Nur die Frau allein ging das Mehl sieben. Als sie gestorben war und ihre Tochter das Mehl siebte, nahm es immer mehr ab.

Erzählt von Schuster Susanna, geb. Malmer

15. Dort wo der Herr Zimmermann wohnt, dorthin war auch mal eine Trud gekommen und hat ihnen die Kühe gemolken. Die Truden gingen nachts und molken die Kühe und da hat ein starker Rumäne gedient und der Rumäne hat gesagt, er würde sie schon fangen und in der Nacht hat er aufgepasst, denn nur nach zwölf kommt die Trud. Und diese kam auch nur mit einem Leintuch umgehangen, nackt. Und dieser hat sie erwischt und sie hat ja mit ihm gerungen, aber der war stärker und hat sie angebunden an die Krippe. Und am Morgen hat er sie in die Schweineherde frei gelassen und die Hirten mit den Peitschen über sie und sie war nicht mehr Milch holen gekommen.

Erzählt von Depner Georg

16. Wenn jemand eine Kuh hatte, die kalben sollte, musste man gut aufpassen, dass niemand in den Hof kam die ersten drei Tage, denn wenn man auch nur einen Strohhalm aus dem Hof nahm, hieß es, man würde der Kuh die Milch nehmen.

Erzählt von Depner Sofia, geb. Wadt

17. Ein *Blach* (Rumäne) war mit Sachsen in die Arbeit gegangen. Im Weingarten graben. Sie hatten *Weinbrok* (Brotscheiben in süßen Wein eingeweicht) gehabt. Da hat der Rumäne gesagt: „ Was gebt ihr, zum *Biewendämes (*Vesper) essen wir *Meltschbrouk* (Brotwürfel in Milch eingeweicht)." Die Schafherde war nicht weit weg auf der Viehweide und hat dort gefressen. Na diese haben nicht geglaubt und der *Blach* nimmt das Schnappmesser, sticht es so in den Holzpfahl und die Milch fängt an zu fließen. Da liefen die Schafe durcheinander und haben geplärrt. Und der Schafhirte schmeißt seinen Schafpelzmantel auf die Wiese nieder und schlägt mit dem Hirtenstab auf den Schafpelz und dieser hier, der im Weingarten war, wirft sich nieder und schreit:„Nicht mehr schlag, nicht mehr schlag, sonst bringst du mich um!" und dann hat er ja nicht mehr geschlagen und dieser hat ja das Messer herausgezogen. Dann hat der andere gesagt: „Lass nur du Trudengeiger, ich helfe dir schon, dass du mir keine Milch mehr nimmst!"

Erzählt von Werder Mathias

18. Ein Trudengeiger war auch gegangen und hat die Milch vertrudelt und dann hat die Frau, der er die Milch genommen hat, einen Topf mit Jauche von der Kuh auf den Herd getan zum kochen. Nur auf einmal war der Trudengeiger gekommen und hat gerufen: „Nicht mehr schlagt die Kuh, nicht mehr schlagt die Kuh!" Man sagte, dass würde den Truden weh tun.

Erzählt von Schuster Susanna, geb. Malmer (Bild unten)

19. Ich erinnere mich an eine ähnliche Geschichte, wo die alte Nachbarin der geschädigten Frau den Rat gab, Jauche von der Kuh zu kochen und mit einem Christusdorn über dem Topf das Kreuz zu machen. Sie solle sich durch nichts ablenken lassen und mit niemand sprechen, wer immer auch kommen würde. Die Frau folgt dem Rat der Nachbarin und plötzlich kommt die andere Nachbarin und verlangt ihr Zucker, da sie keinen mehr habe und dringend etwas brauche. Die Frau lässt sich aber nicht ablenken und fährt fort. Die Nachbarin geht weg und plötzlich kommt ihr Mann, der lauter blutige Striche im Gesicht hat und bittet sie aufzuhören und gibt zu, dass er es war, der die Milch vertrudelt hat. Auf sein Flehen lässt die Frau ab von ihrem Tun und er verspricht ihr, es nie wieder zu tun.

Erzählt von Regina Ludwig geb. Depner

Folgende Sage ist in der Sammlung von **Friedrich Müller, "Siebenbürgische Sagen**", II. Auflage, Wien 1885 unter der Nr. 215 veröffentlicht worden und in Bulkesch zu unserer Zeit nicht mehr bekannt.

20. Bestrafter Hexenfrevel

Eine Frau in Bulkesch hatte nur eine einzige Kuh, molk aber von dieser erschrecklich viel Milch. Ihr Nachbar hatte auch eine Kuh; die wollte sich aber nicht mehr melken lassen, seit jene Kuh so reichliche Milch gab; dadurch kam die Frau in in den Verdacht; und eines Abends, als dieselbe ganz gesund im Hofe und ohne Aufhören molk, band der Nachbar seine Kuh fest und schlug darauf fürchterlich auf sie los. Plötzlich fiel die Frau um und war ganz tot. Sie ist durch diese Schläge gestorben.

Hochzeitsgäste an der Hochzeit von Maurer Daniel und Sara geb. Malmer

SAGEN VON RIESEN

21. Die Hünen hätten hier einst gewohnt. Das war so ein großes Volk gewesen und sie waren so weit geritten immer so ein Hügelchen weit. Bei den Spitzhügeln heißt es, und dort hätten sie sich einst die Schuhe geputzt und so wären die Hügelchen entstanden. Das wären so große Leute gewesen.

Erzählt von Depner Sara

22. Die *Hunen* wären gegangen, da im Krieg, über das „*Ternereich*" (Berg mit Kornellkirschbäumen) und dort sind ihnen die Stöckel abgefallen und deshalb nannte man den Berg Hunenberg.

Erzählt von Wendel Sofia

23. Das Hünenfräulein wäre herab gekommen ins Tal und hätte den Bauern ackern sehen mit den Pferden und es hätte sich so gefreut und war nieder gekniet und hat sie sich in die Schürze getan, sie hat gedacht es sei ein Spielzeug und trägt es heim ihrem Vater auf die Burg. Sagt der: „Oh Kind, das ist kein Spielchen, von ihm leben wir. Du sollst es wieder dorthin bringen, von wo du es genommen hast. Dieses schafft uns das Brot.

Erzählt von Depner Sara

Die Brüder Orendi mit Pferdewagen

24. Die Hünenburg bei **Glogovitza**

(Fr. Müller, Siebenbürgische Sagen", Wien 1885, Nr. 22)

Diese Burg ist sehr stark gewesen. Noch immer graben die Glogovitzer Steine heraus und verkaufen sie den Bulkeschern; und obschon nicht bloß die Bulkescher alte Kirche sondern auch das Schloss von St- Miklos daraus gebaut wurden, so sind doch die alten Grundmauern noch klafterdick zu sehen. Das macht, sie ist von den Hünen erbaut. Der Brunnen, den die darin hatten, war so tief, dass er bis auf das Flussbett der Kokel, die unter dem Berge hinfließt, reichte, Der Eimer hing an einer goldenen Kette, und die Walachen, welche da selbst graben, hoffen sie noch einmal zu finden. Auch hier erzählt man von der Riesentochter, welche den Bauern mit Pflug und Gespann in die Schürze raffte.

25. Da in *Glugevetz* war ein Burg gewesen auf einem Berg, die Glugevetzer Burg; und dort wäre gewesen ein tiefer Brunnen mit einer goldenen Kette und einem silbernen Eimer; und der Brunnen war so tief gewesen gerade mit dem Kokelufer, von dort sei das Wasser gekommen und dann wäre die Burg zusammengestürzt, oder was, und dann hätten sie die Steine von dort genommen und das Schloss von Kloosdorf gebaut. So wie das Schloss ist, so wäre jene Burg gewesen.

Erzählt von Depner Georg

26. Dort im Steingraben sollen sie immer wieder ein Stück von der goldenen Kette gefunden haben.

Erzählt von Depner Georg

Ansicht von Bulkesch

SAGEN VON WERWÖLFEN

27. Die Werwölfe seien mondsüchtige Menschen, die sich in Tiere verwandeln.

Erzählt von Depner Sara

28. Vom alten Bunea sagt man, er sei ein Priculici (rumänischer Begriff für Werwolf), er würde sich in der Nacht in einen schwarzen Hund verwandeln.

Erzählt von Depner Susanne geb. Schuster

Beim *Westenhof*

SAGEN VON WIEDERGÄNGERN

<u>29. Von einem Geist in Bulkesch</u>(Fr.Müller,Siebenbürgische Sagen,Wien 1885,Nr.73)

In alten Zeiten begrub man die Leute in die Kirche. So starb nun einmal in Bulkesch ein böser alter Mann, den man in der Gemeinde allgemein für einen Trudengeiger hielt. Kaum war er ins Grab gelegt, als die Leute im Dorf schrecklich zu sterben anfingen; denn er stand nachts von 11 – 12 Uhr aus dem Grabe auf, ging ins Dorf und brachte die Leute um. Es war ein großes Elend. Endlich entschließt sich der Organist, eine Nacht in der Kirche zu wachen. Mit dem Schlag elf springt ein Sargdeckel, eine weiße Gestalt kommt heraus und tritt an die verschlossene Kirchentür.

Vordereingang zur Kirche

Diese springt auf und die Gestalt schreitet hinaus. Der Organist sah von der Orgel dies alles mit an. Als die Gestalt hinaus war, kam er in den Chor herunter, fand die Gruft und den Sarg offen, verschloss beide und schnitt von dem Leinlaken einen Zipfel ab.

Darauf ging er wieder an die Orgel, betete, steckte zwei Lichter an und stellte sie neben sich. Kurz vor zwölf Uhr kommt der Geist zurück. Wie er die Lichter sieht, ruft er dem Organisten zu, er solle sie auslöschen, er wolle sich schlafen legen. Der betet weiter.

Der Geist schreit zum zweiten Mal, er solle sie auslöschen, sonst werde er hinaufkommen und dann drei Lichter auslöschen statt zwei. Der Organist betet weiter. Jetzt kommt der Geist näher, jeder Fußtritt hallt schauerlich wider; schon ist er an der Treppe. Da schlägt der Organist die Orgel an und spielt einen Choral. Immer näher kommt der Geist. Es schlägt zwölf, er hört es nicht. Mit dem letzten Schlag ist er oben und blickt dem Organisten gerade ins Gesicht. Die Orgel verstummt und man hört den verklingenden Stundenschlag. Da sinkt der Geist zusammen und wird ein Aschenhaufen. Von der Zeit hatten die Leute Frieden im Dorfe, aber es hätte es nicht jeder vollbracht.

Chor mit Altar der Bulkescher Kirche

30. Hexe im Grabe (Fr. Müller, Nr. 217)

In Magyar-Benye an der kleinen Kokel, gegenüber von Schönau war eine Frau gestorben, welche allgemein für eine Hexe galt. Als bald darauf viele Leute aus diesem Dorf starben, öffneten die Walachen, den Geistlichen an der Spitze, das Grab und fanden die Frau auch wirklich auf einer Seite rot auf der anderen Seite tot (gelb) und hinten an ihr ein Schwänzchen. Sogleich drehten sie dieselbe auf den Bauch und schlugen einen Pfahl durch sie. Da seufzte sie tief; aber das Dorf hatte Ruhe. Diese Begebenheit soll sich im Jahre 1833 oder 34 ereignet haben.

SAGEN VON GLOCKEN

31. Beim *Fussebronen* (Fuchsbrunnen), da wäre eine vergrabene Glocke gewesen und die Schweine gingen doch auch dahin über die Brücke und eine Sau hat sie heraus gegraben, sie habe geferkelt in die Glocke, in die große Glocke, die in Kloosdorf ist. Dort ist so eine große Glocke, dass sie sie nicht auf dem Turm hatten, sondern nur ganz niedrig im Garten hatten sie sie. Sie hätte so einen schönen Klang; sie läutet immer: „Sultan, Soliman", aus der Türkenzeit. Die haben sie, glaube ich genommen und vergraben.

Erzählt von Depner Sara

Prägungen auf einer Glocke von Bulkesch

32. Dort beim *Pischtabronnen* haben die Kloosdörfer die Schweine gehütet und da hätte die Sau in die Glocke geferkelt und dann hätten sie die Glocke nach Kloosdorf geschafft. Eine dicke Glocke sei es gewesen. In der Türkenzeit muss man sie ja dort vergraben haben. Die klang so laut die Glocke, dass man sie von Hermannstadt (ca. 90 Km) gehört hat und die Hermannstädter wären gekommen und hätten ihnen die Glocke nehmen wollen. Dann haben sie einen hölzernen Reifen drum herum gemacht, man soll sie nicht mehr so weit hören; und sie hätten sie nicht auf dem Turm, es wäre eine dicke Glocke, nur neben dem Turm gehalten. Und wenn sie läutete, sagten sie immer sie klinge so: „Sul-tan, Soli-man, Sul-tan, Soli-man!"

Erzählt von Depner Georg

SAGEN VON ZAUBERISCHEN GESCHEHNISSEN

33. Man legte drei Kohlen in einen Becher mit Wasser und dann sagte man: „Im Namen Gottes und des Vaters“ und machte das Kreuz „und des heiligen Geistes“ und wenn man das dreimal gemacht hatte, und dann gab man ihnen zu trinken solches Wasser, so ein bisschen, einen Tropfen und dann glaubte man an das, es hat ihnen geholfen, ich weiß ja nicht, wir haben es ja nicht gemacht, nur was sie erzählt haben die alten Frauen.

Erzählt von Wendel Sofia

34. Weißt du früher hat man viel mit dem *Bisegreit*, mit dem Kopf, immer Kopfweh hatte man, dann waren alte Frauen, die gingen und stachen die Schere in den Besen und dann kamen sie immer mit dem Besen über den Kopf und redeten dann, aber was für Sprüchlein weiß ich nicht. Mir hat man es nicht gemacht, nur wie sie erzählten die alten Frauen.

Erzählt von Wendel Sofia

35. Na wisst ihr früher, nun wenn die Hirten hinaus gingen, dann bissen sich die Tiere manchmal, ihr werdet es zugute halten, dann hatten sie Wunden, und bekamen dort Maden und mich hat auch eine alte Frau gelehrt, die alte *Hanemischän,* wo der Auner gewohnt haben. Dann sagte sie zu mir: „Schau, geh in den Garten zu dem Holunder und dann sagst du: Guten Morgen ihr meine zwei Brüder, meine Sau, oder meine Kuh hat Maden. Machst du es , oder machst du es , dass ihr die Maden vergehen?“Und dann bricht man die zwei Äste ab und kommt mit ihnen nach vorne. Man wirft sie ins Feuer und sagt: „So wie diese Äste verbrennen im Feuer, so sollen die Maden herausfallen!“ Und das war dann merkwürdig, dann fielen die Maden heraus. Ohne etwas zu essen, ganz früh am Morgen wenn man aufstand und man sollte mit niemandem vorher reden, sollte man das machen.

Erzählt von Wendel Sofia

36, Das weiß ich, wenn man kleine Kinder hatte, legte man die Schere zu ihm in die Wiege, es solle nicht allein sein, auch das *Tsamebeuch* (das kirchliche Gesangbuch) hat man dann getan zu ihm, es soll nicht allein sein, wenn man hinausging und es da ließ. Früher durften sie nicht herumgehen die Wöchnerinnen, bis sie nicht getauft hatten nach vier Wochen.

Erzählt von Wendel Sofia

Gesangbuch für die evangelische Landeskirche Augsburgischen Bekenntnisses in Rumänien Verlag der <u>Honterus - Buchdruckerei</u> in Hermannstadt 1929

Familie Malmer Taufe 1941

37. Wenn die Kinder ein fremder Mensch sah außer der Familie und sich verwunderte, dann sagte man es sei berufen; dann drückte man ihnen das Kreuz im Namen Gottes, des Vaters und des Sohnes und des heiligen Geistes, dann verging es ihnen oder man gab ihm ein bisschen Kohlenwasser zu trinken. Man gab drei glühende Kohlen in den Becher und schüttete etwas Wasser darüber. Bei denen sie hinuntersank die waren berufen.

Erzählt von Depner Sara

38. Wenn die Kuh gekalbt habe, hat man eine Schnitte Brot stark gesalzen und alles voll mit Knoblauch gespickt nacheinander und hat sie der Kuh zu fressen gegeben, das war auch etwas gegen die Truden (Milchhexen) der Geruch.

Erzählt von Depner Sara

39. Dann früher hat man mehr geglaubt auch an das mit den Kindern, wie man machte immer wenn sie weinten im Winter. Dann sagte man: „na wir müssen es räuchern." Es gingen immer solche *Mokaner* (rumänische Gebirgsleute) mit *Kroumerbiren*. Dann kaufte man diese Birnen dann räucherte man ihnen die Windeln über diesen Birnen. Man legte Kohlen auf eine Schaufel und räucherte sie und wickelte sie dann gut ein und legte sie schlafen und wenn sie still waren die Kinder, dann sagte man: „Na schau es hat ihnen geholfen."

Erzählt von Wendel Sofia

40. Wenn jemand kam und sie weinten, dann sagte man, man hat es berufen dieses Kind, dies Kind ist berufen, und meiner Schwester unterm Berg, dort wo der Walzer wohnen, hat meine Schwester gewohnt mit dem Seider und die lebte in dem, man habe ihr den Jungen berufen, deshalb sei er gestorben.

Erzlählt von Wendel Sofia

41. Der alte *Witsch* und der alte *Framver* hatten ihren Grund nebeneinander und der alte *Framver* hat beim Ackern immer eine Furche vom *Witsch* abgeackert. Deshalb haben sie gestritten und sich verflucht. Nach acht Tagen war dem alten *Framver* ein Ochs erstickt und nach ein paar Tagen der zweite. Darauf war der alte *Framver* zum *Witsch* gegangen und hat ihm gesagt, er soll ihn nicht mehr verfluchen und sie sollen sich den Grund ausmessen und er würde ihm den Teil zurückgeben, der ihm gehöre.

Erzählt von Schuster Susanna geb. Malmer

42. Zum alten *Foi (*Fay) waren Schildkröten herausgekrochen, während der alte *Lienert (*Leonhard) auf der Bank saß und er sagte: „Ihr dürft nicht werfen auf sie“ und nahm sie auf die Schaufel. „Die schleppen dem das Getreide zusammen, was er für das Geflügel braucht.

Erzählt von Schuster Susanna geb. Malmer

43. Es war eine große Hochzeit gewesen in der Gemeinde und die Braut hat im Essen eine Schnalle von einem Kinderschuh gefunden. Darauf war sie auf den Tod krank geworden. Ihr Vater hat alle Doktoren zu ihr gerufen, aber keiner konnte ihr helfen und dann hat er von einer Wahrsagerin gehört und zu der war er auch gegangen. Und die hat ihm in die Hand gesehen und gesagt: „Du hast ein großes Leid, deine Tochter ist krank, man hat sie vergiftet.“ Dann sagte er: „Eine ganze Hochzeitgesellschaft hat von dem Essen gegessen und niemand außer ihr ist krank geworden.“ Dann sagte sie so, er solle gehen und aus neun Brunnen Wasser zu ihr bringen, damit sie darüber beten würde und von dem Wasser soll seine Tochter trinken. Er hat es so gemacht und seine Tochter war gesund geworden.

Erzählt von Wendel Sofia

Brunnen im Burghof von Bulkesch

Brunnen mit Schwengel 1960

44. Ein Mann hat einmal gewettet mit seinen Kameraden, er würde auf den Friedhof gehen und ein Messer in ein Grab stechen. Er war auch wirklich gegangen in der Nacht und hat das Messer ins Grab gestochen, aber wie er aufstehen wollte, hielt ihn etwas an der Schürze fest. Aus Angst war er tot umgefallen. Er hatte sich das Messer durch die Schürze gestochen.

Erzählt von Schuster Susanna geb. Malmer

Grabgehäuse auf dem Friedhof von Bulkesch

45. Ich soll dir auch erzählen, was ich einmal erlebt habe. Ich habe es noch niemandem erzählt, weil man heute ja nicht mehr glaubt an so etwas. Es war in der Zeit nach dem Krieg, dein Großvater war auf der Bahnlinie auf Arbeit und ich war allein zu Hause mit den vier kleinen Kindern. Und in der Gemeinde nahm man den Sachsen auch die letzte Kuh aus dem Stall. Und aus Angst ich würde nicht mehr haben womit ich die Kinder füttern sollte, wenn man mir die Kuh nehmen würde, war ich vor die Stalltür niedergekniet und habe gebetet: „Herr lass mir die Kuh nicht wegnehmen!“ Und da war eine Frauengestalt erschienen und sagte: „Sei beruhigt.“ Und als der Zigeuner gekommen war, war er in den Stall gegangen und war auch wieder herausgekommen ohne die Kuh. Nur nach ein paar Tagen hat er einen anderen geschickt um die Kuh. Und dem hab ich gesagt, es solle seinem Herrn sagen: „Jedes Mal wenn er eine Tasse voll Milch trinkt, soll er an vier hungrige Kinder denken.“ Und nach ein paar Tagen hat er die Kuh nach Hause bringen lassen.

Erzählt von Schuster Susanna geb. Malmer

Gemalt im Jahr 2000 von Katharina Zoppelt geb. Depner

46. Früher ist die Pest auch in Bulkesch ausgebrochen und es sind viele Leute damals umgekommen und dann hat man gesagt, drei Frauen sollen in einer Nacht ein Hemd spinnen und weben und nähen und unten an die Gemeinde tragen, der Pest, sie soll das Hemd anziehen, dann würde sie nicht mehr in die Gemeinde kommen. Das bewährt sich bis heute, wenn man manchmal sagt: „Was machst du?" „Na, ich mach der Pest ein Hemd."

Erzählt von Depner Sara

47. Es hätten sich einst einige die Leinwand nach dem *Bechen* (Waschen) in den Garten aufs Gras ausgebreitet zum Trocknen. Und am Abend hätten sie die Kinder geschickt, sie sollen die Leinwand nach vorne tragen und als sie bei der Scheune angekommen waren, konnten sie nicht mehr weiter, es sprang immer etwas vor, hinüber und herüber, hinüber und herüber.

Erzählt von Gergel Friedrich

48. Es hat mal einer einen Mann umgebracht und ihn neben einen Holunderstrauch vergraben und niemand wusste wer ihn umgebracht hatte. Nach langer Zeit, um die zehn Jahre waren vergangen, waren Frauen im Weingarten gewesen und hatten zugehört wie dieser sagte zum Holunder, nur er wisse, wer den umgebracht habe. Und so hat man ihn erwischt.

Erzählt von Depner Friedrich

Folgende vier Sagen sind von **Fr. Müller, Siebenbürgische Sagen, Wien 1885**

49. Faust im Sturmwind (Nr. 169)

An die Sage, von dem in zahlloser Teufelsbegleitung, wie im Stumwind dahin reisenden Faust, erinnern sich die Leute nur dunkel. Vor und hinter ihm ist pechschwarze Nacht. Die Straße wird vor seinem Wagen her von den dienenden Teufeln gepflastert.

50. Verwünschte Schätze (Nr. 135)

Auf dem Bulkescher Hattert hat man Scherben und Bodenstücke von alten irdenen Gefäßen mit Asche gefunden; das Volk meint, das seien vergrabene Schätze, die der Teufel in Asche verwandelt habe.

51. Der Blitz erschlägt ein meineidiges Mädchen (Nr. 223)

Zwei Burschen in Bulkesch liebten ein Mädchen; und das Mädchen war ihnen beiden gewogen. Als nun der eine in die Stadt wollte, nahm er gar herzlichen Abschied und sagte unter andern: „Es wird wohl das letztemal sein, bis ich wiederkehre, hast du dich dem andern versprochen.“ Das Mädchen aber verschwor sich, das werde nicht sein und wenn sie es täte, so solle sie das erste Donnerwetter erschlagen. Aber sie war leichtsinnig und der andere Freier gefiel Vater und Mutter besser, und sie gab ihm das Jawort. Das geschah im Herbst. Die Hochzeit wurde gefeiert. Als aber der Frühling, die Zeit der Stürme kam, überfiel die junge Frau eine große Angst. Und als sie einmal im Brechen im Weingarten sich befand, überraschte sie ein schweres Wetter. Sie eilt heimwärts; Der Regen strömt, sie sucht Zuflucht unter einem Baume, und der Blitz erschlägt sie. Noch zeigt man den Baum.

52. Barrecht (Nr. 88)

Vor nicht langer Zeit hat sich in Bulkesch folgendes zugetragen. Ein Mann hatte seine Frau erstochen und sich dann aufs Feld begeben. Als er heimkehrte und an die Tote herantrat, die von zahlreichen Leidtragenden umgeben war, fing die Wunde zu bluten an. Wie er hinaus ging, stockte das Blut und floss wieder wenn er eintrat. Als die Frau schon begraben worden und das merkwürdige Ereignis allenthalben im Dorfe erzählt wurde, ließ der Richter den Mann gefangen nehmen und verhören. Gegen das starke Blutzeugnis wagte derselbe nicht zu läugnen. Allein ehe noch der Spruch gefällt war, erhing er sich im Gefängnis.

Ehemaliges Gefängnis *(Arrest)* von Bulkesch

SAGEN VON KRIEGSUNRUHEN UND SOZIALEN KONFLIKTEN

53. Als die *Kuruzen (*Kreuzritter ?) gekommen waren im *Hom* herein, war eine Frau in der grünen Arbeit gewesen in den *Nassbimen*. Und damals hatten die Frauen so ein Drehtuch und als sie die *Kuruzen* hat kommen sehen, hat sie sich das Drehtuch auf den Weinstock gehängt und war heruntergekommen und hat sich das Pferd genommen von den *Kuruzen* und war aufgesessen und war in die Gemeinde gekommen und hat gewarnt, aber die *Kuruzen* waren wegen ihrem Drehtuch hochgegangen.

Erzählt von Depner Sara

54. Als die *Kuruzen* gekommen waren, war eine Frau aus dem Weingarten mit dem kleinen Kind zur Burg gelaufen und hat in den Weingarten von ihren Kleidungsstücken gehangen, an mehrere Stellen, dass sie gedacht haben, da wären Frauen im Weingarten.

Erzählt von Wendel Sofia

55. Wenn die Türken und Tataren nah an die Burg gekommen sind, haben die Leute auch Bienen mit den Bienenkörben dorthin genommen, dass sie hinausgeflogen sind und sie gestochen haben.

Erzählt von Depner Georg

Ringmauer der Bulkescher Burg mit Schießscharten

56. In der *Kuruzenzeit* war eine Frau gewesen im Weingarten und es waren welche mit zwei Pferden und die hatten sie unten angebunden und waren zu der Frau gegangen. Und die Frau hat sich den Strohhut auf den Rahmen gehangen, sie sollen denken sie wäre dort und die Frau war zu den Pferden und war aufgesessen und hat die Pferde mitgenommen zu der Kirche.

Erzählt von Depner Georg

57. Die Bürger waren hinuntergegangen an die Gemeinde und hätten dem Grafen die Kutsche umgeworfen, und so sind hier keine Herren gewesen.

Erzählt von Depner Georg

58. Als hierher die Adligen kommen wollten in die Gemeinde und haben sich den Grund nehmen wollen, haben sie sie nicht hereingelassen, die Leute. Die Bürger sind hinuntergegangen an die Gemeinde und haben ihnen die Kutsche umgeworfen, dass sie zurück gefahren waren, so dass unsere Gemeinde ohne die *Herrengaider* geblieben ist

Erzählt von Depner Sara

59. Ein andermal begegnete ein Bulkescher dem Grafen bei der *Junebräk* (Juhnbrücke). Diesmal wollte der Graf absolut nichts ausweichen. Der Bulkescher kurz entschlossen, erfasst das Pferd und schmeißt Ross und Wagen in den Brunnen, der neben der Straße ist. Deshalb ist das Wasser- so erzählen uns alte Leute heute noch- bis zum heutigen Tag stinkig und für den Menschen ungenießbar.

Aufgezeichnet von Zimmermann Rudolf

60. Weiter wird erzählt, dass der Graf in der Nacht den Bulkeschern das reife Korn auf dem *Klastrever Berg* hat anzünden lassen, dann wäre er mit seinen Burschen auf unsere Gemeinde losmarschiert, um sie zu erobern. Aber unsere Bürger waren auf der Hut und schlugen den Grafen mit seinen Burschen zurück.

Aufgezeichnet von Zimmermann Rudolf

61. Bulkesch ist früher so eine starke Gemeinde gewesen, dass sie das Recht gehabt hat zum Verurteilen die großen Verbrecher und Mörder. So sind sie bei unserer Kirche eingesperrt gewesen, im Arrest und da hat man sie verurteilt und da haben sie auch Schläge erhalten. Man hat sie an einen Baum gebunden und dann geschlagen.

Erzählt von Werder Mathias

ehemaliges Rathaus von Bulkesch

Eingang zur Burg mit Glöckchen und rechts die Tür zum Arrest

SAGEN VON GRENZSTREITIGKEITEN

62. Der Kloosdorfer Berg hat zu Kloosdorf gehört und dann sind die Bulkescher dorthin gegangen auch die Kloosdorfer sind gekommen und dann haben sie sich dort geschlagen und haben sich auch getötet und die Bulkescher haben dennoch gesiegt; sie hatten sich von den Wägen auch noch die *Nievenbimtscher* (Querdeichseln) und die *Sperr* (Gitter) herabgenommen und haben geschlagen in die Kloosdörfer, dass sie den Kloosdorfer Berg erobert hatten.

Erzählt von Depner Georg

63. Der Bulkescher und der Seider haben die Grenze nicht machen können, dann haben sie gesagt, am Morgen, wenn der Hahn zuerst krähe, sollen sie losgehen und wer zuerst sei, dort solle die Grenze sein; und der Bulkescher war zuerst dort gewesen und hat gesagt: „Ich steh auf Bulkescher Boden." Er hat Erde in die Schuhe getan. Er schüttete die Schuhe aus und stand auf Bulkescher Boden und dort ist auch noch bis heute das hohe Häufchen, das verschüttet sich nicht und dort ist die Grenze.

Erzählt von Depner Sara

64. Bei der Kommassierung oder früher noch, haben sie einen Rechtstreit gehabt die Bulkescher mit den Seidnern wegen einem Grundstück. Und es sind von Bulkesch drei Männer gegangen nach Wien zu Fuß wegen dem Gericht., ja, sie sollen rechtsprechen wegen dem Grund. Und sie haben Erfolg gehabt. Und einer hat sich Erde genommen vom *Neuen Hattert* ins Taschentuch und hat es mitgenommen. Und als er vor das Gericht gegangen ist, hat er sich die Erde ausgeleert in die Schuhe und hat geschworen er stünde auf Bulkescher Grund und so haben sie gewonnen. Diese alte Schusterin, der Hermann Rejini ihre Schwiegermutter, die hat erzählt dass sie gegangen sind nach Wien zu Fuß und drei Jahre hat die Reise gedauert und sie haben auch Tücher gebracht als Andenken.

Erzählt von Wendel Sofia

65. Wie sie die Grenze mit Seiden gemacht haben, hat der Seider den Hahn gut gefüttert und der Bulkescher hat ihm nichts zu fressen gegeben und des Bulkescher seiner hat eher gekräht, vor Hunger, als der andere. Dann wäre dieser, der Bulkescher, gegangen, der andere wäre gekommen und wo sie zusammen getroffen sind, dort wäre die Grenze gewesen.

Erzählt von Depner Georg

SAGEN VON ORTEN (LOKALSAGEN). GEBÄUDEN UND NAMENSERKLÄRUNGEN

66. Bulkesch war früher auf der Aue (des Flusses Kleine Kokel) gelegen, und weil die Tataren ins Land gekommen waren, haben sie die Gemeinde mehr zum Wald hin verlegt und haben Gras angepflanzt, damit man nicht mehr erkennen konnte, wo die Gemeinde gewesen war.

Erzählt von Depner Friedrich

67. Früher ist die Gemeinde bei den *Schitkelen* (Schotterkuhlen) auf dem *Iewent* (Ebene) gewesen

Erzählt von Wendel Sofia

68. Früher ist die Gemeinde *„Berch of Douch"* und hinter der *Hill* beim weißen Brunnen gewesen und dann sind aber viele Kriege gewesen und Türken und Tataren haben gehaust und haben ja alles verbrannt; dann haben sie sich entschlossen sie sollen die gesamte Gemeinde zusammen mehr zum Wald zu gründen.

Erzählt von Werder Katharina geb. Malmer

69. Bulkesch wäre früher eine Stadt gewesen, **opidum** hätte sie geheißen und hat ihr eigenes Gericht gehabt.

70. Auf den *Leschen* da hätten sie einen Kampf ausgetragen, dass die Gemeinde sich dann geteilt hätte, dass die Seider dorthin wären und die Bulkescher her.

71. Bulkesch wäre einst eine slawische Gemeinde gewesen.

72. Glugewetz wäre auch eine sächsische Gemeinde gewesen, sie hätte *Tutendrof* (Tutendorf) geheißen. Die Michelsdorfer würden auch heute noch *Tutendrof* sagen. Die letzten Sachsen wären ausgewandert; und dann sagte man die Zikelien würden von dort stammen.

73. Valea Sas wäre auch eine sächsische Gemeinde gewesen, *Sachsesch Bouch* (Sächsischer Bach) hätte sie geheißen.

74. Ganesti wäre auch eine sächsische Gemeinde gewesen, es habe *Gallendrof* (Gallendorf) geheißen.

75. Dann das Capalna neben Seiden wäre auch eine sächsische Gemeinde gewesen; die Seider sagen auch heute noch *Gerjesdrof* (Georgsdorf) dazu.

Erzählt von Depner Georg

76. Die Gemeinde ist einmal abgebrannt. Damals waren die Häuser aus Holz und mit Stroh gedeckt. Auch die Zeune und die Apfelbäume sind verbrannt, nur was sie auf dem Rücken hatten, ist ihnen geblieben.

Erzählt von Zimmermann Rudolf

77. Einmal ist die ganze Zeile abgebrannt, das haben mir meine Eltern auch erzählt, während eines Maschinendreschens. Damals waren diese Handmaschinen, und dort zum alten *Bang*, dort habe es sich entzündet und nach oben hätte es gebrannt und nach unten, die ganze Zeile wäre abgebrannt.

Erzählt von Depner Sara

78. Bei einem großen Brand sollen nur drei Häuser übriggeblieben sein, deren Giebel nicht aus Holz sondern aus Ziegelsteinen gemauert waren in Form von verschiedenen Gewölben. Eines davon war unser Haus. An dem Querbalken des mittleren Zimmers auch *Heus* genannt, konnte man noch Brandspuren entdecken. Meine Mutter, Susanne Depner hat ihn dann blau gestrichen und die Schrift mit weiß, damit man die Schriftzüge besser sehen konnte.
Auf dem Giebel stand die Jahreszahl 1804, aber Großvater Depner Georg sagte, die anderen Zimmer seien noch viel älter.

Erzählt von Regina Ludwig geb. Depner

ehemaliges Haus von Familie Depner 1995

79. Die Gemeinde soll einmal auf der *Doll* gewesen sein. Da wo man beim *Westenhouf* hoch geht.

Erzählt von Depner Georg

Inschrift am Querbalken im mittleren Zimmer unseres Hauses

Gewölbe und Eingangstür des mittleren Zimmers genannt *Heus*

80. Vor länger Zeit waren die Backöfen auch hier in unserer Gemeinde auf der Gasse und die Wolfengasse ist einmal abgebrannt durch das. Die Bulkescherin hat gebacken und mit der K*ierrit (*Besen für den Backofen) hat sie an den *Douchtrop (*Dach) berührt, die Stuben waren doch mit Stroh bedeckt, und die ganze Wolfengasse war abgebrannt. An einem Pfingstsonnabend, denke ich, haben mir meine Großeltern erzählt, wäre das gewesen.

Erzählt von Depner Sara

81. Mein Großvater der hatte immer Pferde und er hat sich einen Riegel machen lassen an die Tür, dass die Pferde nicht heraus konnten und man hat ihm erst recht gestohlen, man hat die Pferde gefesselt und unter dem Riegel herausgezogen und hat sie in den Wald geschafft und dann ist einer gekommen und hat sich angeboten das Pferd zu suchen, wenn er ihm bezahlen würde.

Erzählt von Zimmermann Rudolf

82. Früher haben sie Pferde gestohlen und dann haben sie sie irgendwo angebunden in den Wald und dann haben sie sagen lassen: „Wenn du so und so viel bezahlst, findest du das Pferd dort und dort." Die Pferde waren früher teuer.

Erzählt von Depner Georg

Zikeli Friedrich mit dem Hengst vom Gostat

83. Früher wenn die Bulkescher nach Hermannstadt auf den Markt geritten sind, haben sie geläutet um die Leute zu warnen. Die Bulkescher haben gerne gestohlen und deshalb haben sie geläutet.

Erzählt von Depner Georg

Bulkescher Freunde im Garten

84. Früher hat man so gesagt, bei der Kirche da hätten die Nonnen gehaust und sie hätten einen unterirdischen Gang gehabt bis dorthin aufs Pfarrstück. Dorthin wären sie sich Wasser holen gegangen zu dem Brunnen, und durch das hat der Brunnen den Namen behalten der „*Nonnebronnen*".

Erzählt von Depner Sara

85. Das *Nonnebräntschen (*Nonnenbrünnlein) ist auf dem Pfarrstück gewesen und die Nonnen sind dorthin um Wasser gegangen durch einen unterirdischen Gang, wenn die Burg belagert gewesen ist.

Erzählt von Depner Georg

86. Früher, wenn die Kinder aus der Schule heimgekommen wären, hätte ihnen der Lehrer ein Latein gegeben, weißt du, ein Sprüchlein. Nun als sie heraus gekommen wären aus der Schule, dort beim *Arbesbronnen* (Erbsenbrunnen) dort war immer so dickes Holz gewesen und die Bürger, also die Väter hätten dort Holz bearbeitet; und dann haben sie gefragt die Kinder: „Wie ist das Latein heute?" Dann hätten die Kinder gesagt: „Alles was ihr macht, macht ihr euch und euren Kindern." Sie hätten aber gerade die Galgen gezimmert. Und früher wenn jemand eine große Schuld, also etwas Übles gemacht hat, hat man ihn erhängt, vor langer Zeit auf dem Galgenhügel und seither ist der Hügel, der *Goiljenhäfel* (Galgenhügel) geblieben.

Erzählt von Depner Sara

87. Früher ging man mit den Kindern aufs Feld und es ist eine Frau aufs Feld ins Heu gegangen und hat ein Kind gehabt. Aber ich weiß nicht ist es ein Junge oder ein Mädchen gewesen und sie ist gegangen und hat sich das Kind hingelegt und ist an die Arbeit gegangen und hat gearbeitet im Heu, weiter und weiter und weiter, und wie sie kommt, sie soll nachsehen, hat sie kein Kind mehr und solch ein Adler hätte ihr das Kind genommen und dann ist sie immer gegangen auf dem Feld auf und ab, wieder ab und auf, immer rufend: „Schatz, mein Schatz, Schatz, mein Schatz, Schatz wo bist du mein Schatz?" Und so hätten sie dem Feld den Namen gegeben „*Det Schatz*".

Erzählt von Wendel Sofia

88. Es war ein großer Wolkenbruch gewesen, das Wasser hat sich von allen Seiten gesammelt und es war ein großes Gewässer gewesen und es wären Kinder gewesen mit den Kühen dort auf dem *Schatz* und wie das Wasser nun so gekommen war, hat es sie mitgerissen und zwei Kinder, ein Mädchen und ein Junge hätten sich umarmt, als das Wasser sie mitgenommen hatte und sie waren ertrunken und deshalb nennt man es auf dem *Schatz.*

Erzählt von Werder Katharina geb. Malmer

89. Das Grundstück auf dem vor langer Zeit zwei Geschwister ertrunken waren bei einer Überschwemmung, heißt seither *det Schatz,* weil ihre Mutter dort geweint hat um sie und sie immer gerufen hat: „*Men schotzig Käind!*“

Erzählt von Schuster Susanna geb. Malmer

90. Das *Riir* heißt deshalb so, weil hier ein Sumpf gewesen ist. Hier hat man sich zuletzt angesiedelt, nur Wasser und Schilf und *Bes* (Binsen, damit hat man früher im Weingarten die Reben gebunden) ist hier gewesen und hier drüben beim Szabo hinunter war keine Gemeinde, da war nur *pusta,* da waren keine Stuben, nichts.

Erzählt von Depner Sara

91. Früher war der Wald bis in die Gemeinde und dann im Winter kamen die Wölfe bis in die Gemeinde herein und deshalb heißt man die Gasse die *Wulfengous* (Wolfengasse).

Erzählt von Depner Sara

gemalt von Katharina Zoppelt geb. Depner

92. Die *Matzebräk* , die habe ein Mann namens Matz gebaut, deshalb habe man sie so geheißen *Matzebräk.*

Erzählt von Wendel Sofia

Die *Matzebräk* (Matzenbrücke)

93. Früher ist der Fleischerschuppen, wo man das Vieh schlachtete auf dem Marktplatz gewesen und deshalb hieß man die Brücke die *Matzebräk* (Gedärme heißt auf rumänisch mate). Dorthin hat man ja alle Gedärme geschüttet.

Erzählt von Depner Sara

94. Die *Nonnebräk (*Nonnenbrücke) nennt man die Brücke auf der Straße, weil das Wasser vom *Nonnebräntschen* dorthin fließt.

Erzählt von Depner Georg

95. Die Bulkescher waren die *Malaifreiser* (Maismehlkuchenfresser). Sie sind frühen immer mit Wein in die Stadt gefahren und früher waren die Backöfen auf der Gasse, weißt du, es sind immer Strohstuben gewesen. Da hat man die Backöfen mehr auf die Gasse gebaut wegen dem Feuer. Und die Bulkescher waren auch durch *Dual* (Langental) gefahren und die *Dualeren* hat *Malai* (Maismehlkuchen) gebacken und die Bulkescher haben ihn gestohlen aus dem Backofen, deshalb nannte man die Bulkescher die *Malaifreiser.*

Erzählt von Depner Sara

Neubau des Schuppens um den alten Backofen 1972

96. Die *Kirchenbräk* (Kirchenbrücke) heißt so weil der Weg von der Kirchenburg direkt über diese Brücke geht.

Erzählt von Depner Sara

Die Kirchenbrücke

SCHWÄNKE AUS BULKESCH

Fachliche Erläuterungen zu den Schwänken

Dank seiner unterhaltenden Funktion war der Schwank nicht so sehr der Vergessenheit ausgesetzt wie zum Beispiel die Sage. Denn bei gesellschaftlichen Zusammenkünften und Unterhaltungen (Hochzeit, Taufe usw.) wurden immer wieder solche Schnurren und Späße zum Besten gegeben.
Ein anderer Grund für das gute Erhaltensein dieser Gattung ist die Fähigkeit der schwankhaften Stoffe sich anzupassen und zu aktualisieren. Die Motive werden auf andere Personen übertragen oder in andere Situationen verlegt, die der jeweiligen Erzählerschicht näher stehen.
Im Schwank werden auch Wunder und Sagenkerne komisch umgebogen und dadurch nehmen viele Sagen einen schwankhaften Charakter an.
Die Schwänke sind realitätsgebunden und weisen einen wirklichen Kern auf, sind sie doch aus dem Dorfleben, aus den Unzulänglichkeiten und Schwächen des menschlichen Daseins entstanden.
Es gibt kaum ein Dorf, das nicht seine eigenen Schwänke hat, oder zumindest behauptet, dass es sich „wahrlich“ dort zugetragen habe und es gibt kaum ein Dorf, das nicht seine Witzbolde nennt, die bei jeder Gelegenheit zu Späßen und Streichen aufgelegt waren.
Das Ziel meiner Diplomarbeit war, die Schwänke und Anekdoten, die in Bulkesch erzählt wurden zu sammeln und nach Form und Inhalt zu gliedern.
Das Ziel dieser Arbeit ist es durch die Übersetzung der Schwänke ins Deutsche sie auch unseren Nachkommen, die aus Siebenbürgen ausgewandert sind zugänglich zu machen und ein „lachendes Bild“ einer dörflichen Gemeinschaft zu zeichnen.

KANTOREN- UND PFARRERSCHWÄNKE

97. In einer Gemeinde war der Pfarrer und der Kantor. Der Kantor war ja der Gehilfe des Pfarrers und musste immer in die Kirche gehen und er ging nicht gerne. Jedenfalls einmal predigte der Pfarrer, man lebe nicht nur vom Brot und vom Essen, sondern auch vom Wort Gottes. Dieser denkt nach, wie sollst du diesen mal *păcălin* (übers Ohr hauen). Und am nächsten Sonntag sagt er zu seiner Frau: „Heute lade ich den Herrn Pfarrer zu Mittagessen ein, aber du sollst nichts kochen.“ „Wie ist das, wie willst du ihn einladen?“ „Überlasse das nur mir.“ Und als sie vor der Kirchentüre stehen, bevor sie hineingehen, lädt er den Herrn Pfarrer ein und der freut sich, denn die Frau Kantor war eine gute Köchin, die hat immer gut gekocht und er hat sich gefreut auf dieses Essen. Und nach der Kirche gehen sie und gehen in die schöne Stube hinein, auf dem Tisch liegt die Bibel und sie unterhalten sich und der Herr Pfarrer immer schaut er nach der Küchentür, es kommt nichts, es kommt nichts, es kommt nichts.

Die Zeit vergeht, er muss in die Vesper gehen und es kommt noch immer nichts. -

„Na was ist Herr Kantor, hat die Frau Kantor nichts gekocht?“- Herr Pfarrer Sie haben gepredigt, man lebe nicht nur vom Essen, sondern auch vom Wort Gottes, und hier ist das Wort Gottes.“

Erzählt von Zimmermann Rudolf

Die Bibel von meinem Großvater Depner Georg, Nürnberg 1854

98. Der Kantor ist arm gewesen. Er ist an den Feiertagen singen gegangen durch die Gemeinde, deshalb sagt man ja: *Schuster, Buster diän det Läder*
Säch wai däunkel kit det Wäder
Schlouch dem Dorn de Ujen ereus
Mouch dem Kanter Fluren dreus.
Schuster, Buster dehn´ das Leder
schau wie dunkel kommt das Wetter
Schlag dem Dorn die Augen heraus
Mach dem Kantor Flöten daraus

Erzählt von Depner Sara

99. Dann die Jungen Leute haben dem Kantor jeden Samstag eine Henne oder einen Hahn tragen müssen, dass er was zu essen hatte. Man sagt ja auch:

Der Kuckuck of dem Kependären
Der Kanter hout ser de Gotschen verlären
Kut ihr Gangen säkt em se
Kut ihr Meitscher fläkt em se.
Der Kuckuck auf dem Kependorn
Der Kantor hat sich die Hosen verlorn
Kommt ihr Jungen sucht ihm sie
Kommt ihr Mädchen flickt ihm sie

Erzählt von Depner Sara

100. Es war ein rumänischer Pfarrer gewesen und der Glöckner. Es war gegen Ostern und auch der Pfarrer hat kein Fleisch gehabt auch der Glöckner nicht. Und der Pfarrer habe gesagt: „Lass, wir machen es schon." Und er hat ein weißes Ross gehabt und war halt gegangen und am Freitag hat er gesagt: „Hier unten sind doch die Schafe, reite dorthin zu ihnen, du wirst ja dort ein Lämmchen sehen, spring hinunter und nimm es und dann teilen wir es uns. Die Schafhirten sind ja in der Kirche. Dann hat er gewartet, die Schafhirten sollen in die Kirche kommen. Dann war er geritten, er soll ja ein Lämmchen bringen. Der Pfarrer war allein in die Kirche gegangen. Der Glöckner war geritten und hat ein Lämmchen gefangen und die Schafhirten haben ihn gesehen und geschlagen. Nun war dieser ja ohne Lämmchen und ohne Pferd in die Kirche gegangen. Und dann hat der Pfarrer nicht abwarten können er soll erfahren, was er gemacht hätte. Nun hätte er so gesungen:

„Măi, de ce n-ai adus mehehe?" — Warum hast du nicht gebracht das Mähähä?
Dann hätte der Kantor geantwortet:
„Am adus, dracul să te ie! — „ Ich hab gebracht, der Teufel soll dich holen!
Că mi-o luat şi mihaha — Sie nahmen mir auchs Mihaha
şi mi-o dat vreo cîteva." — und haben mich auch noch versohlen."

Und auf diese Art hatten sie halt kein Fleisch gehabt.

Erzählt von Werder Katharina geb. Malmer

101. Der *Burchhaider* (Burghüter) hat dem Pfarrer den Speck gestohlen und als der Pfarrer ihn gesucht hat, hatte er den Speck unter das Kind gelegt in die Wiege und hat gewiegt, gewiegt. Der Pfarrer hat gesucht überall und dieser hat gesungen:

Haia buia kleiner Sunder
dïidan int kun, kun uch`t under
Haia, buia kleiner Sander
Der das eine kann, kann auch´s ander´.

Wer stehlen kann, kann auch verstecken.

Erzählt von Depner Sara

Burghüter Wegend Samuel

102. Das Amt, also die es alles gibt: Kurator, Kirchenvater, Presbiter, jedenfalls die waren gegangen dem Herrn Pfarrer Glück wünschen an Neujahr. Und der erste war gegangen und sollte nun Glück wünschen und hängt sich am *Dirpel* (Türschwelle) an und sagt: „Verflucht sei....was weiß ich was, ich kann es nicht genau sagen. Und der zweite, sie hatten sich verabredet was jeder sagen sollte. Dieser sollte sagen: „Viel Glück im neuen Jahr!“ und der andere: „auch der Frau Mutter und den Kindern und dem ganzen Hausgesinde!“ Dieser hängt sich an die Türschwelle an und schimpft: „Verflucht soll alles sein!“ Der andere sagt: „Auch die Frau Mutter, auch die Kinder, auch das ganze Hausgesind` !“

Erzählt von Gaber Susanna geb. Schneider

103. Gegen Ostern gehen sie und *spovedin sich* (rum. beichten). Nun war ein Räuber zum Beichten gegangen und es hätte der Pfarrer zu ihm gesagt: „Was hast du Schlimmes gemacht in deinem Leben?“ Hat er gesagt: „Die dicken Schweine, die dir gestohlen worden sind, die habe ich dir genommen.“ Und sie dürfen das, was man ihnen sagt nicht offenbaren und so hat auch dieser nicht offenbaren dürfen und hat gesagt: „Deine Sünden sind dir vergeben, aber du musst morgen zur Kirche kommen und vor dem Volk sagen, die Schweine hättest du mir gestohlen.“ Dann hat dieser gesagt: „Es ist gut, ich mache es.“ Und war ja in die Kirche gegangen und hat sich ausgedacht, was er sagen soll. Als sie herausgekommen waren aus der Kirche, hat der Pfarrer gesagt: „Liebe Leute, bleibt da, denn dieser Mann will euch etwas sagen.“ Und dieser nimmt sich den Hut ab und sagt: „Liebe Leute, alle Kinder mit roten Haaren sind alle von unseren Herrn Pfarrer.“ Dann hat der Pfarrer gesagt: „Ihr könnt gehen.“

Erzählt von Werder Katharina geb. Malmer

104. Es war in eine Gemeinde ein frischer Pfarrer gezogen, ein frisch gewählter Pfarrer. Und es war eine junge Kuratorin gewesen und alle haben die geliebt. Hat der Pfarrer gesagt: „Frau Kuratorin, wann könnte ich mal *än de gous* (Stelldichein) kommen, zu einer Unterhaltung?“ Hat sie gesagt: „Herr Pfarrer, wann immer, zu mir können sie wann immer kommen.“ „Dann bestimmen wir eine Zeit“, hat sie gesagt. „Dann am Samstag um acht können Sie kommen, dann bin ich zu Hause.“ Na der Pfarrer konnte kaum erwarten, es soll um acht werden, er soll zur Kuratorin laufen. Er war ja gegangen und hat angeklopft, die Kuratorin hat „Herein“ gesagt. Sie hat gerade *Platschinta* (Pfannkuchen) gebacken. Hat sie gesagt: „Herr Pfarrer, bitte Platz zu nehmen, ich habe noch etwas Arbeit vorgenommen, ich bin mit der noch nicht ganz fertig.“ Genau so spricht auch der Kantor: „Oh Frau Kantorin, ich würde mich so einmal mit ihnen unterhalten, wann könnten wir eine Zeit bestimmen?“ „Wann immer, Samstag, um halb neun.“ Und um halb neun geht dieser, der Kantor und klopft an und spricht der Pfarrer: „Wer wird kommen?“ „Mein Mann.“ „Oh, wohin soll ich mich verkriechen?“ Und sie hebt den K*olerschlouch* (Falltür zum Keller) auf, der Pfarrer kriecht hinein und setzt sich dort irgendwo hinter eine *Koff* (Weinfass) nieder auf den Boden. Und dieser war es gewesen der Kantor. Na, der Glöckner auch so: Na, Gefatterin, wann könnte ich mich mal unterhalten mit Ihnen?“ „Am Samstag um neun.“ „Es ist gut“, der kann kaum erwarten, es soll um neun sein, er soll sich unterhalten. Diese buk immer noch Pfannkuchen und auf einmal kommt er und klopft an die Tür. Auf einmal sagt der Kantor: „Ach, wer wird kommen?“ „Mein Mann.“ „Ohje, wo soll ich mich verkriechen?“ „ In den Keller,“ macht auf den *Kolerschlouch* kriecht hinein und legt sich hinter die *Kompestbit* (Kraufass). Und so auch der Glöckner und um halb zehn kommt ihr Mann im Hof nach hinten gefahren, er kam aus der Mühle. Und dieser sagt: „Oje, wo soll ich mich verkriechen?“„In den Keller.“ Na ihr Mann kommt herein und sie sagt: „Na du Alter, ich habe Pfannkuchen gebacken, nun sollen wir zu Abend essen, aber ich bin nicht dazu gekommen etwas zu trinken zu holen und ein wenig Kraut dazu. Geh du in den Keller und brings.“

Und er kriecht zum *Kolerschlouch* hinein mit der Lampe und auf einmal als er geht zur *Weinpip (Ziehkürbis)* um ins Kännchen zu lassen, bewegt sich da jemand. Nimmt die Lampe und sagt: „Wer ist hier?“ „Ich bein es der Herr Pfarrer.“ Gehen sie nur hinauf, ich komme auch gleich, dann rechnen wir ab. Na der kommt herauf, nur kommt er und soll Kraut nehmen und: „Wer ist hier, was machst du hier?“ Dann hat er ihm ja auch gesagt: „Ich bin gekommen ein bischen zur Unterhaltung mit der Frau Kuratorin.“ „Gehen sie nur hinauf, wir rechnen schon ab.“ Und als er heraufkommen sollte, auf dem Rübenhaufen lag der Glöckner und er hat auch ihn hinaufgestöbert. Als er hoch kommt, spricht er: „Was habt ihr hier gesucht?“ Na wir sind gekommen, um uns ein wenig mit der Gefatterin zu unterhalten.“ „Na Herr Pfarrer, sie geben 500 Kronen , weil ich sie hier gefunden habe, der Kantor 300 Kronen und der Glöckner, der ist arm, der geht und sammelt das Geld und bringt mir das Geld und dann lass ich sie frei. Sonntag war am nächsten Tag gewesen, so dass der Herr Pfarrer nichts mehr hat lernen können für die Predigt und in der Kirche fängt er an zu predigen: „*Die heutige Nacht hat mich um 500 Kronen gebracht*“ und der Kantor hat geantwortet: „*Auch mich hat die heutige Nacht um 300 Kronen gebracht. Und der Glöckner war auf dem Rübenhaufen und ist umsonst davongelaufen.*“

Erzählt von Werder Mathias

Kellergewölbe

105. Beim *Brennefouren (*Brunnenfahren), wenn die Jungen die *Brenntscher* (Quellen) geputzt haben, schrieben sie einen Zettel mit einem Verschen dorthin. Bei dem *Nonnebränntschen* haben sie geschrieben: *Oh Nonnenbrunnen alter Narr,*
du bist wie der jetzige Pfarr`.

Erzählt von Depner Sofia geb. Wadt

Regina Depner mit Freunden aus dem Nachbardorf Schönau beim Brunnenfahren 1974

Friedrich Depner jun. in der Bulkescher Tracht

OBRIGKEIT UND UNTERTANEN

106. An einem Tag begegnete (sich) ein Bulkescher, der mit einer Fuhre Mist in der Straße hinabfuhr dem Grafen auf seinem Wagen. Der Bulkescher wich vorschriftsmäßig aus und gab die halbe Straße frei. Der Graf aber wollte der Bauer soll bis in den Graben ausweichen und schrie ihn an: „Felre bakszasz, en a grof vagyok!“ Darauf gab ihm der Bulkescher zur Antwort: „Wenn du *grof* (Graf) bist, kann ich auch *grof* (grob) sein und griff nach der Mistgabel. Nun sah der Graf, dass es doch besser wäre nicht nähere Bekanntschaft mit dem Bulkescher zu schließen und trachtete danach schnell weiter zu kommen.

Erzählt von Zimmermann Rudolf

107. Vor langer Zeit hieß es hier in Bulkesch, dass unten an der Gemeinde ein tiefer Brunnen sei und es war nur ein kleiner Weg, dass man dort nicht mal vorbeigehen konnte. Und auf diesem schmalen Weg kam einmal ein Kutscher mit einer Kutsche und der Graf von Kokelburg, dem die Hälfte von Bulkesch gehörte. Der kam nun er soll seine Leute zur Arbeit antreiben und ein freier Bauer stand unten an der Kokel also an dem Weg mit seinen Schafen und trieb sie ja ein wenig weg. Und der Graf plötzlich schrie: „Ai felre en grof vagyok!“ Dann sagte der alte Sachse:„Wenn du *grof* bist, kann ich auch *grouf* (grob) sein.“ Er schlug auf die Pferde ein und sie überschlugen sich mit Kutsche mit allem in den Weißen Brunnen.

Erzählt von Bretz Winfried

108. Als der Graf von Kloosdorf gekommen ist und hat den Grund dort unten wo das Wächterhaus ist, den hat der Graf den Bulkeschern nehmen wollen. Der war fertig gesät mit Korn, und die dort die Grundstücke hatten, denen wollte er das Korn alles nehmen. Dann sind die Leute, die dort angebaut haben und der Richter gegangen und wollten das abstreiten, aber sie haben nichts machen können. Und die zwei Zikelien, die haben dort nichts gehabt. Und als der Richter gesagt hat, die beiden waren wahrscheinlich seine Stützen, die sind so Draufgänger gewesen, und hat nach ihnen geschickt. Es ist einer geritten um die beiden zu holen. Die beiden sind gleich gekommen, haben sich die *Fliejel* (mit dem hat man das Korn gedroschen) genommen und beide mit so einem *Fliejel* haben sich die Pferde genommen und sind dorthin. Und der Richter hat gesagt: „Na, ihr sollt diese hinübertreiben.“ Des Grafen sein ganzes Gesinde, alles mit Gabeln und Sensen dort, sie sollen die Ernte anfangen. Diese über sie, haben sie über die Kokel hinüber getrieben. Und dann haben sie ihnen gesagt, wenn sie noch einmal herüber kommen würden, dann würde es dem Grafen an den Hals gehen. Und dann ist der Graf auch nicht mehr gekommen.

Erzählt von Zikeli Michael

Blick vom Turmfenster auf die Ringmauer mit Bastei

109. In der Türkenzeit und Tatarenzeit versteckten sich die Leute auf unsere Burg und es war hier ein Bauer der hatte so eine geizige Frau die wollte den Tataren nichts lassen und sie waren schon in der Nähe die Tataren, und er läuft auch auf die Burg, alles läuft auf die Burg und diese kommt noch nicht. Und wie sie auf dem Weg ist, sieht er von der Ringmauer hinunter wie ein Tatar sie fängt und er sagt: „Armer Tatar du hast es erschlagen".

Erzählt von Zimmermann Rudolf

Bastei an der Ringmauer der Bulkescher Kirche

AUF DEM MARKT

110. Mein Vater und der *Knuderdepner* waren nach Blasendorf (Blaj) auf den Markt gegangen und es war ein alter Rumäne gekommen, so in ihrem Alter und hat sie gefragt, ob sie keinen Zucker kaufen wollen um vier Lei das Kilogramm. (Im Laden kostete er das Doppelte aber damals gab es selten Zucker zu kaufen). Und der *Knuderdepner* hat gleich zugesagt und hat ihm das Geld für 30 Kilogramm gegeben. Mein Vater wollte keinen. Der Rumäne war gegangen, er soll den Zucker holen, er sagte, er habe ihn bei seinem Sohn in der Stadt. Nach einer Zeit kommt er und sagt, er soll ihm was geben, worin er ihm den Zucker bringen soll, denn er habe nichts. Dieser gibt ihm den neuen Rucksack und fragt auch den anderen nochmal, ob er nicht auch brauche mit vier Lei das Kilogramm. Er lässt sich überreden und gibt ihm auch noch 120 Lei und der Rumäne geht und kommt nicht mehr.
Zuerst wollten sie es niemandem sagen, weil sie sich geschämt haben, aber dann haben sie es doch erzählt.

Erzählt von Regina Schuster geb. Depner

111. Der alte Zank war mal auf den Markt nach Kloosdorf gegangen, er soll eine Ziege kaufen. Und er hat ja auch eine gekauft und da unten auf der Aue war ein Lekef (Kneipe). Als er nun dorthin kommt, wie soll er dort vorbeigehen und nicht einmal trinken. Bindet die Ziege dort einem an den Wagen, es waren ja dort noch welche gewesen und ein anderer war mit einem alten Ziegenbock gekommen, der wollte ihn ja verkaufen, denkt: 'Schau hier ist eine Ziege, du sollst schnell wechseln'. Und bindet diesem den Bock dort an den Wagen an, nimmt sich die Ziege und geht. Na der Alte kommt heim. Der wusste nichts, aber es war ihm als wäre es nicht die Ziege, die er gekauft hatte. Er kommt heim bindet sie im Stall an. Am Morgen: „Du Alte, schau und steh auf und geh die Ziege melken". Na sie geht ja. „Na das dich der Teufel!... Du hast ja einen Bock gekauft." „Geh du, ich habe eine Ziege gekauft, geh und melke!" Dann hat er ja gedacht, du die haben dir sie umgetauscht.

Erzählt von Elsasser Sofia geb. Schuster

Ziegenbockessen 1960

112. Früher ist Markt hier gewesen in Bulkesch und *Kortenzigunen (*Wanderzigeuner) sind viele dagewesen auf dem Markt. Und es ist ein Richter gewesen, damals sind ja Sachsen gewesen in der Gemeinde. Und der Richter ist auf dem Markt gewesen und die Zigeuner haben angefangen und haben da verschiedene Aufruhr gemacht, haben sich an die Verkäufer angehängt und der Richter hat Ordnung machen wollen. Und die Zigeuner haben ihn am Haar gepackt. Damals hatten die Richter schöne lange Haare und der Bruder meines Urgroßvaters hat das gesehen. Und es sind ja noch viele sächsische Männer gewesen auf dem Markt und keiner hat sich getraut, er soll was sagen. Dann hat der gesagt: „Du, schämt ihr euch nicht ihr Sachsen hier aus der Gemeinde, ihr lasst zu, dass die Zigeuner unseren Richter hier beschimpfen!“ Und hat nach seinem Bruder geschickt. Als er gesehen hat, dass der gekommen ist, hat er angefangen und hat in die Zigeuner geschlagen und hat sie raus aus der Gemeinde.

Erzählt von Zikeli Michael

Ehemaliger Marktplatz von Bulkesch

113. Sie wären mal auf den Markt gefahren mit dem alten *Krestelgrîisvouter* (Krestelgroßvater) von Seiden her bei Kokelburg. Damals kürzte man auch ab übers Feld, man fuhr nicht auf der Straße. Es war ein Weg durch den Mais. Man fuhr durch den Seider und Fremdkircher und Kokelburger ihren Ackergrund, aber der Weg war ja gemacht. Und die Fremdkircher Walachen (Rumänen) die kamen dann immer hin und wollten Pfand, sie sollten etwas zahlen, weil sie durchfahren würden. Und wie diese gefahren sind, sie haben kein Pfand zahlen wollen. Sie haben gesagt: „Der Weg ist schon gedrückt gewesen, wir sind nicht die ersten die fahren, wir geben euch nichts." Die waren viele gewesen und dann hat der Alte immer gesagt: „Treib Hansi!" „Aber Bruder, sie haben den *Gouchstaiken* (Joch) herausgenommen, ich kann nicht treiben, sie haben die Ochsen freigelassen aus dem Joch. Auf einmal, sie hatten den langen Wagen, ist der Alte heruntergekommen und hat das *Gesperr* genommen und hat dann alle umgeworfen, er war stark gewesen und hat sie umgeworfen. Dann sind die alle weggelaufen und haben geschrien der Teufel sei über sie gekommen und er hat sie alle weggejagt und dann haben sie ihn in Ruhe gelassen und sie sind auf den Markt.

Erzählt von Zikeli Regina

Die Nachbarn und Kränzchenfreunde
Zikeli Michael und Regina geb. Wendel
und
Depner Friedrich und Susanna geb. Schuster

IN DER STADT

114. Wir waren alle in der Haushaltsschule und hatten alle neue Mäntel bekommen und kamen in die Ferien und auf dem Bahnhof, schnell zu den Karten: „Der Zug kommt, der Zug kommt- schnell nahmen sie Karten und auf den Zug. Die *Konnertschen*, die war unten geblieben. Die war immer ein bisschen langsamer und vorsichtiger. Die sagte: „Ich auf den Treppen steh ich nicht." Wir waren auf die Treppen gelangt, sie blieb unten. Der Zug fuhr ab, nur hörten wir: Schnellzug, Schnellzug! die Rumänen rufen. „Herr, wir werden ja nicht auf dem Schnellzug sein" Es ist ja eine große Strafe. Der Zug fuhr hinaus aus dem Bahnhof. „Na du, es ist der Schnellzug, was machen wir?" „Wir springen hinunter." Der Zug der fuhr schon gut. Die Koffer fingen an hinab zu fliegen. Die *Zikelichen* sprang als erste. Sie rutschte auf dem Bauch ein gutes Stück. Wir hatten alle die neuen Mäntel. Die Koffer flogen, wir immer eine nach der anderen hinunter. Als wir dann alle unten waren, fingen wir an zu uns zu kommen. Na dann gehen wir ins Wartezimmer hinein. „ Wie du, ihr seid mit dem Zug gefahren, wie seid ihr wieder hier?" Die *Konnetschen* saß schön im Wartesaal, dann kam ja der andere Zug und wir kamen alle mit dem.

Bahngleis bei Bulkesch

115. Der *Gliserän* (Gaber Michael) als er in Österreich war und wollte sich eine finden und hat in die Zeitung geschrieben: „Junger Mann, Nichtraucher, Nichttrinker, 1,82 m groß, Intelligenz 95, Augenfarbe – auch was für Augen und Haar, suche eine Frau, die mir eventuell ein Heim bieten könnte und dann am Morgen, als sie sich nun treffen sollten vor einem Büro, wäre niemand gekommen, nur eine alte hässliche Frau mit Krampfadern an den Beinen, hässlich wie der Teufel. Als er sie gesehen hatte, hat er seinen Hut auf die andere Seite gedreht und ist abgehauen, es wäre ihm alles vergangen.

Erzählt von Elsasser Sophia geb. Schuster

116. Der *Gliserän* ist immer auf Tanzunterhaltungen gegangen mit dem *Neklich*, und einmal hat er den *Neklich* mitgenommen. Es war dort so ein Unternehmen, wo nackte Frauen waren. Der *Neklich* hat nicht gewußt. „Komm du, wir gehen einmal zu einem Stelldichein mit Frauen.“. „Ach du ich habe keine Lust dazu, ich bin nicht deshalb gekommen.“ „Komm du wir gehen, ich zahle. „Na sie sind hineingegangen, nur auf einmal hat man sie geimpft, um sich nicht anzustecken. Die hätten gesagt, hier legen sie die Kleider ab und man hat ihnen die Kleider in einen Schrank gesperrt und sie seien nackt geblieben. Sie seien ja so hässlich gewesen. Der *Neklich* hat gesagt, es wären ja dort viele Frauen gewesen, auch junge Mädchen, die wären ja schön und gut gefüttert gewesen, und sie wären ja so hässlich gewesen. Die hättten aber nicht gelacht. Dann wären die Mädchen den Männern auf den Schoß gesessen, aber zu ihnen sei ja niemand gekommen. Dann hätten sie sich da herumgedreht es hätte ihnen ja sehr lange geschienen, dann hätte er gesagt: „Der Schlag soll dich treffen, nochmal komme ich nicht mit dir.“ Man hätte sie beim weggehen noch mal geimpft. Die Nacktkultur hat ihnen gereicht.

Erzählt von Elsasser Sophia geb. Schuster

117. Der *Motz (*Mathias) und die *Zir (*Sara) kommen beide heim und sitzen sich die ganze Nacht im Wartesaal in Blasendorf gegenüber. Der *Motz* sieht sich die Dame ständig an: „Diese ähnelt so deiner Schwester. Wie soll ich diese Dame ansprechen?“Diese Dame was für eine Uhr sie hat. Wie soll ich mich trauen und sie ansprechen, aber diese ähnelt unserer *Zir (*Sara) hat er immerzu gedacht.
Die *Zir* auch, oh der Herr da drüben, sollte das nicht unser *Motz* sein? Na sie sitzen bis in der Früh im Wartesaal und sagen nichts einer zum andern. Sie kommen mit dem Blasendorfer Zug gefahren und beim Bulkescher Bahnhof steigen sie beide aus. Nun war es ja hell geworden: „Ach du *Zir,* ja woher kommst du?“ „Von Hermannstadt. Ach du *Motz*, warst du im Wartesaal dort gerade mir gegenüber?“ Ja du *Zir,* warst du es du *Zir?* Ich habe mich nicht getraut die noble Dame anzusprechen“.

Erzählt von Gaber Susanna geb. Schneider

118. Der Stefani wie er das erste Mal nach Blasendorf gefahren war. Seine Schwester war dort in der Schule und er war auch nach Blasendorf gefahren und jeden hat er gegrüßt: „Guten Tag, guten Tag, den ganzen Tag immer nur guten Tag. Und kommt nach Hause und sagt, (wir waren gerade Nachbarn, wo die Marioara wohnt), und sagt: „Also wenn das so geht, fahr ich nicht mehr nach Blasendorf.“ „Warum, du Stefani?“ „Na, heute habe ich mir eine Kappe zerrissen, den ganzen Tag immer nur : Guten Tag sagen“.

Erzählt von Gaber Susanna geb. Schneider

119. Frauen aus der Wolfengasse waren zu Fuß nach Langental gegangen und immer erzählend, zum Dorf hinaus und haben immer erzählt und erzählt. Nach einer Zeit kommen sie ins Dorf. Sie denken sie wären in Langental und sagen: „Guten Tag , du *Ziri* (Sara)!" Die *Framer Ziri* von der Wolfengasse hat Wasser getragen. „Guten Tag. Was machst du hier in *Duol (*Abkürzung von *Longenduol)*?" „Na wie in *Duol,* ich bin hier daheim in Bulkesch." „Ach du Gevatterin, wir sollten ja nach *Duol* gehen." Sie waren im Kreis gegangen und wieder in Bulkesch herausgekommen.

Erzählt von Gaber Susanna geb. Schneider

Weg von Bulkesch nach Langental

120. Es sind welche von *Semarten (*St. Martin, rum. Tîrnaveni) nach Hause gekommen. Der *Sepp,* der *Zangar Fritz* und der *Konik.* Nun wären sie alle dort gesessen und der Zangar Fritz, der Dicke, hätte einen dicken Furz gelassen, aber einen gesunden. Und im Abteil ist auch eine Dame gewesen und der wäre aber so ernst gewesen und habe zu dem anderen gesagt: „Du, was fällt dir ein!" Der hätte sich so geschämt, er habe nicht mehr gewusst, was er tun soll und wäre aufgestanden und hinausgegangen. Später hat dieser gesagt: „Du bist wirklich ein Nichtsnutz, du warst es doch". „Du musstest ja nicht weg gehen, du musstest es ja nicht auf dir sitzen lassen."

Erzählt von Elsasser Sophia geb. Schuster

SCHWÄNKE UM PERSONEN

121. Der *Gliserän* hat einmal einen Brief geschrieben seiner Frau und einer mit der er ein Verhältnis hatte. Und die Männer hatten ihm sie vertauscht. Und da?nn hat seine Frau ihm geschrieben: „Du, wieso schreibst du so etwas im Brief?" Diese haben immer gelacht und haben gesagt: „Sind die Briefe noch nicht angekommen?" „Wieso?" „Na wir haben sie dir vertauscht."

Erzählt von Elsasser Sophia geb. Schuster

122. Der alte *Schodich,* als seine Frau den Drilling hatte. Sie war vor der Niederkunft und die Hebamme war noch nicht gekommen. Und als das erste gekommen war, und das zweite und auf einmal auch ein drittes hat der *Schodich* gesagt: *„Ze Helf ir leit, briont dat Gereichsfälpes, des bedreien sich nimi of dem bat!"* (Zu Hilfe ihr Leute, bringt den Gartenkorb, diese haben keinen Platz mehr auf dem Bett!")

Erzählt von Elsasser Sophia geb. Schuster

123. Der alte *Schodich* hat dann zur Hebamme gesagt, von einem Kind würde er ja zugeben, dass er der Vater sei, aber gerade von allen dreien nicht.

Erzählt von Schuster Maria

124. Der *Schodich,* als er nach Russland gefahren war, hat seine Frau geweint, dann hat er gesagt: „Nicht weine *Ziri,* da drüben sind noch schönere.

Erzählt von Schuster Maria

125. Der *Nicolae Baci* wäre einmal dort vorbei gegangen, nur auf einmal; der alte *Schodich,* war jetzt auch alt und unrasiert, und er war herausgekommen der *Schodich* und dann hat dieser, der *Baci* zu ihm gesagt: „Vater, de ce nu te barbiereşti? (Vater, warum rasierst du dich nicht?) Hat dieser gesagt: „Vreau să mă fac popă la voi."(Ich will Pfarrer bei euch werden). Dann hat der gesagt:"Geh zum Teufel!"

Erzählt von Bloos Susanna geb. Friedsam

126. Dann sei der Nicolae Baci wieder hinaufgegangen und der *Schodich* hat immer gesagt: „Nicolae, Nicolae!" „Was willst du Vater? Dann hat der gesagt: „Ich rede nicht mit dir, ich rede mit meinem Hund." Aber der hatte ja keinen Hund dort.

Erzählt von Bloos Susanna geb. Friedsam

127. Der alte *Schodich* war in der Früh mit den Ochsen beim Tränken und der *Dunjelbrieder,* der war damals Adjuvant (bei der Blasmusikkapelle) gewesen, war vorbeigegangen und hat gefragt: „Na, saufen sie, saufen sie?“ „Nein, sie saufen nicht. Ich muss sie zu den Adjuvanten anmelden.“

Erzählt von Kloos Mathias

Die Blasmusikkapelle mit ihren Frauen auf der Burg beim Feiern 1974

128. Früher ging man rasieren mit dem *Lodschen* (Lädchen, Holzkiste). Dann war einer, Dani hieß er, lahm am Füß. Dann hat der alte *Schodich,* der war ja auch so *posnitich,,* so lustig – nicht der, der *Touni,-* Dann hat er gesagt: „Mach schnell auf das Lädchen,“ als er nach vorne ging, „schau hier, ich gebe dir ein bisschen Speck, diese Alte muss nichts wissen.“ Ja woher zum Teufel, er hat ja nur ein Stück Rettich gehabt. Er hat ihm es so eingesteckt- und dieser im guten Glauben, er habe Speck, er war ja froh, der arme Zigeuner, und dann war es nur Rettich gewesen.

Erzählt von Elsasser Sophia geb. Schuster

129. Ein andermal mit dem Mehl so, er hat ihm statt Mehl, Asche in das Säcklein getan, der *Schodich.*

Erzählt von Schuster Sara geb. Bloos

130. Ein andermal hat er ihm zu trinken geben wollen, dann hat er gesagt: „Nimm und trinke aus dem Ziehkürbis.“ Dann hat er oben in den Ziehkürbis geblasen, dann hat dieser sich verschluckt. Er hat keinen Wein mehr gebraucht. Und er hat gesagt, wahrlich, er wäre wirklich böse der *Schodich.*

Erzählt von Elsasser Sophia geb. Schuster

131. Der machte immer Dummheiten der *Schodich.* Als mein Mann noch ledig war, fuhren sie doch immer mit Mist hinaus ins *Grit* und *Grefhones.* Dann sind sie einmal gefahren und der Alte mit der Mistgabel und dem Rechen auf der Schulter, er soll ins Heu gehen, er hat so sorgfältig den tönernen Krug getragen. Hat er sich ein bisschen gebogen oder mit der Gabel draufgedrückt, jedenfalls der Henkel vom Krug war weg und der Krug auf der Erde. Und er habe geweint. Es habe so gut gerochen nach Wein. Der Alte sei so gestanden und habe geschaut und hätte nur mit dem Kopf geschüttelt und an dem Tag habe er nichts gearbeitet nur getrauert.

Erzählt von Elsasser Sophia geb. Schuster

132. In den fünfziger Jahren – wir wohnten dort bei der Wendelgroßmutter, fünf Personen übereinander. Nun kam der Finanzminister wegen den Steuern und der Grama war Inspektor und nun kam der und sagte: „Bună ziua (Guten Tag)“ „Bună ziua. Nimm Platz was wünscht du?“ „Am venit să plăteşti pentru anul **curent.** (Ich bin gekommen, dass du für das **laufende** Jahr bezahlst.“ „Wo siehst du ***curent*** **(Strom),** wir haben keinen ***curent*** **(Strom).** Ich bezahle keinen Strom, sagte meine Mutter. Sie hatte verstanden es sei der Elektrische Strom und damals war noch gar kein Strom vorhanden. Na der konnte sich nicht verständigen mit der *Boschgris.* Sie hat nichts bezahlt und der räumte das Feld.

Erzählt von Orendi Herta geb. Gross-Bosch

133. Man hatte nachgeforscht, oben ebenfalls auf ihrem Hof. Es sei etwas vergraben in der Scheune, ein Fass mit Wein oder Weizen aus der Russlandzeit. Und nun kamen die Miliz und wollten das nachforschen und das ausgraben. Und sie stritt ja ab und tobte, dass sie davon nichts wisse. Und dann haben sie sie zum Amt mitgenommen. Sie ging ohne sich zu erschrecken mit und sagte: „ Warum hälst du mich so lange hier?“ „Du musst sagen, wo du vergraben hast..“ „Ich habe nichts.“ „Na, dreh dich zur Wand.“ „Ich soll mich mit dem Gesicht zur Wand drehen?“ „Hast du eine Mutter? Stell deine Mutter her an die Wand. Ich muss nach Hause gehen.“ Sie schlug die Tür zu und rannte.

Erzählt von Orendi Herta geb. Gross-Bosch

134. Die *Boschgris* hat den *Purcel* (Ferkel) getroffen auf der Straße und dann hat sie gesagt: „Guten Tag Herr Purcel. Ist die Frau Sau zu Hause?“

Erzählt von Orendi Herta geb. Gross-Bosch

135. Die *Boschgris* war mit der Untergrundbahn gefahren und mein Martinonkel sagte: „Kannst du fahren *Mitzi* (Maria)? „Na, ich werde jetzt nicht können. Ich bin ja noch in Amerika gewesen. Und gefahren war sie, aber zurück konnte sie nicht mehr kommen. Sie war zurückgekommen mit dem selben, aber auf der anderen Straßenseite. Nun sah sie, dass sie hinüber musste, aber in der Mitte war dort sehr großer Verkehr auf der Autobahn. Nun wie sollte sie heimgehen.? Nun war ja dort freilich die Verkehrspolizei und sie war zu dem gegangen und hat gesagt, sie wäre aus Rumänien und sie sei falsch gefahren und sie müsse dorthin. Und der erklärte ihr , sie müsse zurückfahren. Aber sie sagte, sie könne das nicht und nahm ihn an der Hand und sagte: „Komm mit, hier hinüber!“ Und der hielt mit dem Fähnchen den ganzen Verkehr auf und ging hinüber.“

Erzählt von Orendi Herta geb. Gross-Bosch

136. Sie war in Amerika gewesen und als sie heim ging, sah sie dass einer immer hinter ihr ging. Auf einmal sagt der: „Na du sollst wissen, es kommen welche von der Miliz her.“. „Ja?“ „In den Keller?“ Der Meister Samuel hat dort immer Wein gehabt im Keller. „Ja.“ Der wollte ja nicht sagen sie würden eine Hausdurchsuchung machen. „Na gut, dann nimm den Besen und kehre den Schnee, denn ich kann nicht , ich bin krank. Die Leber tut mir weh.“ Und der Polizist nimmt den Besen und kehrt den Schnee. Danach kamen die von der Miliz, aber es war nur einer und der Leiter aus dem Dorf. Und der hat ihr ausgsehen wie ein Jude, der hat Deutsch gesprochen. „Na warst du in Amerika?“ „ Ja.“ „Na wir sind von der Geheimpolizei und wir haben die Verordnung erhalten, dir eine *percheziție* (Durchsuchung) zu machen.“ „Was ist das eine percheziție? Ich weiß nicht was das ist.“ „Aber was wollt ihr?“ „Das dürfen wir nicht sagen.“ Dann hat der von der Miliz gesagt, sie soll zwei Zeugen holen, falls etwas abhanden kommen würde. „Ich brauche keine Zeugen, die Miliz wird nicht stehlen.“ Und sie haben ja nichts gefunden. Und als sie fertig waren, sagte sie: „Jetzt sagt mir, was ihr gesucht habt. Wenn ihr es mir sagt, dann gebe ich es euch, das was ihr nicht gefunden habt, das gebe ich euch.“
Sie war auch überhaupt nicht aufgeregt.

Erzählt von Orendi Herta geb. Gross-Bosch

137. Am selben Tag ging sie zur *Willesch Ziritant* auf den Marktplatz und die ist ein sehr nervöser Typ. Die dachten, dass meine Mutter am Ende dort etwas versteckt hätte und gingen auch hin.Die Frau war so krank, die musste immerfort auf die Toilette rennen. Aber meine Mutter wusste das nicht. Nur am nächsten Tag erzählte sie das. Dann hat sie gesagt: „Na was denkst du, du Mitzi, ich hatte mich so erschreckt, dass ich immerfort nach hinten laufen musste und was denkst du, der von der Miliz ist mir immer nachgekommen“ „Du *Ziri,* der wollte dich ja nur wischen, der wollte nichts anderes von dir.“

Erzählt von Orendi Herta geb. Gross-Bosch

138. In Bulkesch ist der Brauch, dass man in der Faschingszeit auch Dummheiten macht und die Nachbarschaft von unten haben einen Fernseher gemacht in einer Schubkarre. Und da war auch ein Mann und der war im Fernseher. Und die Leute, die bezahlten, konnten es sehen. Und auf einmal kommt die *Boschgris* dorthin und gibt auch 5 Lei und sagt: „Ich soll sehen, was kommt im Fernsehen hier.“ Und als sie hineinschaute und den Hintern sah, sagte sie: „Gott im Himmel, das ist unser *Rud* (Rudolf), mein Schwiegersohn.

Erzählt von Ziegler Martin

Dritte Nachbarschaft aus Bulkesch (*Rir*) mit einem BRUTKASTEN

139. Der *Honebrieder* geht zur *Reckert Maichen*, stellt ihr einen Nachttopf in die Tür und singt: „Komm, liebes Mai und mache....“

Erzählt von Depner Sara

140. Der *Honebrieder* hat einmal eingebratene Wurst gehabt vom Schwein. Nach einiger Zeit hat er zu seiner Frau gesagt: „Susi diese Wurst ist nicht mehr entsprechend, sie ist nicht mehr gut. Du kannst sie den Kindern geben.“ Und als keine mehr war, hat er gefragt: „Na wo ist die Wurst?“ „Du hast doch gesagt, ich soll sie den Kindern geben.“

Erzählt von Zikeli Michael

141. Der *Honebrieder* hat mit dem Hermann Oberth von Mediasch konkurriert, er wollte das Torpedo Mobile entwickeln, was noch niemand erfunden hat auf der Welt, er dachte, er könne es errechnen. Und er ist zum Oberth gezogen, weil der Oberth sich ja mit so etwas beschäftigte und hat dem vorgelegt allerhand mathematische Probleme und der hat gesagt: „Zieh nach Hause, deines ist sowieso nicht gültig. Schau her, was ich alles habe, und ich komme nicht drauf und dann wie sollst du drauf kommen.“ Und der *Honebrieder* ist nach Hause gekommen aber hat immer weiter verschiedene Berechnungen für ein Torpedo Mobile gemacht.

Erzählt von Zikeli Michael

142. Der *Matschoster Sam,* die *Figur,* war einmal so betrunken gewesen. Er war auf einem Bachrain und hat sich so an einem Baum festgehalten und hat geweint. Dann hat ihn jemand gefragt, was los sei. Dann hat er gesagt: „Oje, du, die Enten ersaufen.“ Die Ente mit den kleinen Entchen war in den Bach gegangen.

Erzählt von Thellmann Sofia geb. Schuster

143. Die *Gergelgris,* die war immer betrunken und dann kam sie immer zur *Riffeltgris.* Dann waren doch die Kinder noch klein, die *Riffelt Susi, die Ziri und der Jirku.* Und wenn sie kam, dann die Kinder immer: „*Gergelgris a sofi, Gergelgris a sofi.*“ „Was sagt ihr, Kinder?“ „Du hättest schöne Kleider“, hat der Riffeltgroßvater gesagt. „Du hättest schöne Kleider Gevatterin.“ „Ja, ja, das hab ich.“

Erzählt von Schuster Sara geb. Bloos

144. Die *Riffeltsäster* sollten taufen und an dem Sonnabend war die *Gärgelgris* mit der Arbeit zu ihnen gegangen. Sie hatte weiße Rosinen abgepflückt und die Kinder haben die Rosinen alles gegessen, bis sie fertig war „Esst ihr Kinder, esst ihr Kinder“ hätte sie immer gesagt. Bis sie nach Hause ging, hatte sie keine Rosinen mehr.

Erzählt von Bloos Susanna geb. Friedsam

145. Dann die alte *Riffeltgris,*die war in den Laden gegangen und damals war ein rumänischer Verkäufer. Nun hat sie immer verlangt. Es war etwas gekommen, was auch schnell weg sein konnte und immer:„*Vă log şi mi tlimetl. Vă log şi mi tlimetl*“. Sie konnte es nicht schnell genug sagen. Sie hatte ein bisschen einen Sprachfehler und sagte immer *tlimetl* anstelle von *tri metri* (drei Meter). Die *Schustertant* hier nebenan hat immer gesagt: „Was will die *Riffeltgris* da? *Finetel? Man bekommt ja kein Finetel.* Und dann ist sie die alte *Finetel* geblieben *die Riffeltgris.*

Erzählt von Schuster Sara geb. Bloos

146. Und dann hat die *Riffeltgris Krinelawend* (Meerettichsuppe) gekocht und hat („Oh, du sollen wir auch das sagen?“ „Ach sie lebt ja nicht mehr.“) und hat jemanden zur *Zejlergris* geschickt mit *Krinelawend* und durcheinander wie sie war, hat sie den *Uowenwäsch* (Wischlappen) im Topf gelassen und den geschickt statt Fleisch.

Erzählt von Schuster Sara geb. Bloos

147. Die *Kessergris* hat gesagt zur *Schustergris:*“Kommt wir sollen häkeln gehen zur *Riffeltgris.*Sie waren gegangen und hatten gehäkelt Vorhänge mit dem Pfirsichkern. „Du helft mir ein wenig häkeln.“ Na diese waren gegangen und haben ihr geholfen, was weiß ich wie viele Tage und diese habe gesagt: „Wenn wir fertig sind, dann gebe ich euch etwas.“ Und diese haben nicht abwarten können, sie waren neugierig, was sie ihnen geben würde. Und als sie fertig waren, hat sie jeder einen Eimer voll Regenwasser gegeben. Die *Schustergris* dachte, wenigstens ein Stückchen Seife würde sie ihnen geben. Damals hatte man nicht so oft Seife. Auf einmal hatte sie gesagt: „Kommt ich gebe euch jeder einen Eimer voll Regenwasser.

Erzählt von Schuster Sara geb. Bloos

148. Der *Bendergrisvouter* soll mähen gehen auf die *Aa* (Kokelaue). Er hatte die Sense auf dem Rücken und den Brotsack an der Seite und kam hier herunter. Dann ist er hineingegangen zum *Riffeltbrieder* und hat gefragt, ob sie nicht auch kommen würden auf die *Aa* mit den Pferden, damit er nicht zu Fuß gehen musste. „Doch" hat der alte Riffelt gesagt. „Komm nur herein, wir spannen ein und fahren." Dieser hängt sich den Brotsack an die *Liz,* an das Wägelchen, wohin er sich setzen sollte. Die alte *Riffeltsäster* soll ihrem Mann nun schnell etwas einpacken und nimmt dem Bender den Brotsack und leert ihn auf den Tisch. Nur kommt dieser und sagt:"Ihr habt mir meinen Brotsack genommen, schaut und klaubt mir wieder alles zusammen und tut es mir hinein. Sie hat ihm, durcheinander wie sie war, den Brotsack ausgeleert.

Erzählt von Bloos Sophia

149. Des *Herbert Helm* sein Großvater hat bei einem General gedient und als er einmal weg war, hat dieser sich die Kleider vom General angezogen. Und die hätten ihn alle salutiert. Dann ist er aber schnell weg, damit sie ihn nicht erkennen und seither ist ihm der Namen General geblieben.

Erzählt von Kloos Mathias

Schuster Daniel beim Militär

150. Der *Schuster Jirku* lebt ja heute noch dort in der Wolfengasse, der *Jinsäster* ihrer, der *Kuckuck*. Der hat gedichtet. Es gibt doch ein Lied, „Mariechen, saß weinend im Garten". Dann hat er gedichtet:

Der *Beier* flog über die Berge.
Der *Tumes* kam stolz daher.
In der Luft singt munter der *Wandrer.*
Es fällt dem *Bender* schwer.

Dann war der Martin, der wollte auch der Mariechen, der *Mitzi,* hofführen. Dann hat er gesungen:

Steh auf, steh auf Mariechen,
der Martin ist schon da,
dann ging der *Depner* im Nachtschatten
beim *Gergel Ditz* vorbei.

Die waren so schlimm die Schusteren.

151. Es hat jemand zum *Tumes* gesagt: „Aber Herr Müller, du könntest dir wenigstens den Ofen ein wenig richten. Er hatte Feuer in der Mitte der Stube gehabt. Und der hat gesagt: „Hör her *Mechel,* als ich jünger war, ging ich auch noch zur Nachbarschaft und ging auf die Begräbnisse und dann schickten sie mich, weil ich nicht so Kleider hatte auf den Turm zum Läuten. Und ich habe immer vom Turm hinunter geschaut. Man hat viele, auch arme und reiche gebracht, aber mehr als vier *Dilen* (Bretter) hat keiner mitgenommen.

Erzählt von Zikeli Michael

Blick aus dem Turm von Bulkesch

152. Sie waren bei der *Sobusäster* gewesen beim *Schinmouchen* (Maiskörner abmachen). Nun war der *Tumas* auch gekommen, es war Sonntag abends gewesen. Und er hatte die schwarze Anzughose und sie hatten dort einen mehligen Sack gehabt. Man hatte den Mais beim *Schinmouchen* immer im *Backes (*Backstube) hinten. Und jemand hat gesagt: „Komm *Tumes,* komm zum *Schinmochen.“* „Ja ich habe die guten Hosen an, ich mache mir sie schmutzig. Hat meine Mutter gesagt: „Lass wir geben dir einen Sack, du tust ihn um dich.“ Sie wendete den Sack und legte ihm ihn auf die schwarzen Hosen. Und er hat ja mitgeholfen bis zum Schluss und wie er aufgestanden war, - weiß, die schwarzen Hosen.

Erzählt von Depner Susanna geb. Schuster

153. Der *Tumes* wusch seine Hemden niemals. Er sagte, sie würden vom Waschen zerreißen.

Erzählt von Tellmann Stefan

154. Der *Tumes* wechselte seine Hemden immer nur nach zwei Wochen. Dann hing er sie hinaus, sie sollen sich lüften. Waschen, wusch er sie nicht, deshalb war er ja auch immer so *berucht (* verräuchert).

Erzählt von Depner Susanna geb. Schuster

155. Man hat mal zum alten *Tumes* gesagt: „Herr Müller, warum schafft ihr euch nicht auch etwas an?“ Dann hat der *Tumes* gesagt.: (Es war gerade ein reicher Mann gestorben) „Hat der sich was mitgenommen? Man hat ihn auch nur im Sarg begraben. Auch euch begräbt man nur im Sarg. Auch mich wird man nur in einen Sarg legen.

Erzählt von Tellmann Sophia geb Schuster

156. Es war mal ein rumänischer Arzt hier gewesen und der war zum alten *Homner* gegangen, der soll ihn rasieren. Der alte *Homner* rasierte auch , aber er konnte nicht gut, er hat sie immer geschnitten. Dann hat der Doktor gesagt: „Herr behüte uns vor der Atombombe und vor dem Messer vom *Homner.“*

Erzählt von Kloos Mathias

157. Es war ein Sachse in Seiden, der hatte den Acker bei Bulkesch und er hatte vier Kühe. Die musste er melken. Und er fuhr nicht mehr zurück nach Seiden. Dann hat er geackert am Tag, dann musste er die Kühe melken und er hatte nicht mehr wohin die Milch schütten. „Du, die Milch ausschütten, lieber trinke ich sie.“ Mittag molk er die Kühe wieder und am Abend wieder. Und in der Früh, als er aufwachte, war ihm der Bauch wie ein Käse.

Und er sagt: „Was soll ich machen? Ich nehme mir die Gabel und *topsche (*drauf klopfen), hinauf, hinunter, vielleicht kommt er heraus."

Erzählt von Ziegler Martin

158. Der *Rederonkel* hatte ein Pferd, das hieß *„Wandrer"* ein Hengst. Nun der Rederonkel schon nach seiner Art, sie waren immer schon ein wenig auf das Zusammenraffen und auf das Haben und sie sollten Holz bringen. Und er war nicht in den Wald gefahren mit seinem Wandrer und kam im Winter hinunter zur Kokel und sollte über die Kokel hinüber dort nach Kloosdorf zu: Dort ist so ein Wäldchen. Er wollte Holz aufladen. Nun sollte er mit dem Holz wieder über die Kokel herüber kommen. Auf einmal bricht das Eis ein, der Wagen kippt um, und er spannt das Pferd aus und sagt: „Na *Wandrer,* du hast es jetzt geschafft". Und er mit ihm ja auch zusammen.

Erzählt von Orendi Herta geb. Gross-Bosch

159. Der Gaber, der *Minut,* der Alte war gegangen und hat gesagt: *„Du Hani,* wie heißt auf deutsch das *Errlächt (*Irrlicht, ausgehöhlter und als Gesicht ausgeschnittener Kürbis mit Kerze drin)? Dann hat dieser gesagt: „Micheal Gaber".

Bloos Susanna geb. Friedsam

160. Der Pfarrer von Seiden und der alte Dreißig haben sich immer gestritten. Dann hat der alte Dreißig gesagt: „Der Klügere gibt nach, und der bin ich Herr Pfarrer.

Erzählt von Schuster Hedda geb. Schuster

161. Die alte *Ziejlergris* war gestorben und die *Schwaizergris,* die wohnte in der *Teischgous,*die war verwandt und sie haben die gerufen zum Helfen. Sie war gekommen und sie haben vorbereitet; sie haben *Bradelawend (*Bratensuppe) gekocht und dann sollte der *Danonkel,* der war damals noch ein Kind gewesen, mit dem *Bradelawend* zur Burg gehen. Und diese hat gekocht und war der Überzeugung sie habe gut gekocht. Als der Junge wieder zurückgekommen war, hat sie gesagt: „Na was haben sie gesagt?" „Na, nichts haben sie gesagt." Als die anderen, die *Schustergris,* der *Lik* ihre Schwiegermutter kamen, hat sie gesagt: „Na hört, diese Leute vom Friedhof haben gesagt, so ein *Bradelawend*, hätten sie noch nie gegessen." Der Dani war da nicht mehr dort gewesen. Als der Dani wieder kam, fragten sie ihn: „Du Dani, haben die auf dem Friedhof auch gesagt, so ein *Lawend* hätten sie noch nie gegessen?" „Nein, es hat keiner was gesagt." „Na hört, *Maisäster,* sie hätten gar nichts gesagt." „ **Na, aber sie hätten sagen können."**

Erzählt von Schuster Sara und Bloos Susanna

162. Die alte *Redergris* hat eine Torte gebacken und hat den Zucker vergessen. Als sie die Torte gegessen haben hat sie ausgerufen: „Du süßer Gott! Du saure Torte! Den Zucker habe ich auf dem Bett vergessen!"

Erzählt von Tellmann Sophia geb. Schuster

163. Ein Nachbar von Seiden, er hieß Blam, der erzählte uns, warum sich die Leute so wundern würden, dass die Kinder so frech wären und nicht grüßen würden und einen nicht ehren und schätzen würden. Dann sagte er, er wisse nicht, warum die Leute sich noch darüber wundern würden, wenn man sehen würde, jede junge Mutter hätte keine Milch mehr. Sie könnten den Kindern keine Brust mehr geben. Alle nur noch mit dem Fläschchen bekommen sie nur Kuhmilch und deshalb müsste man sich nicht wundern, wenn sie wie die *Geter (*Vieh*)* wären.

Erzählt von Ziegler Susanna

164. Der gleiche Mensch erzählte, man sage, dass alle Leute sagen würden, sie wollen in den Himmel kommen. Aber das sei nicht so, ein gescheiter Mensch, der müsste in die Hölle. Im Himmel wären wenige zugelassen vom Petrus und vom Herrgott. Die müssten jeden Morgen die Sterne hineinnehmen, den ganzen Tag putzen und am Abend sie wieder hinaushängen. Aber die in der Hölle, würden einmal in zehntausend Jahren einen Eimer Wasser in die Kantine zum Kochen tragen.

Erzählt von Ziegler Martin

165. Den *Blamenbrieder* von Seiden hat mal jemand gefragt: „Was macht ihr noch *Blamenbrieder?* Dann hat er gesagt: „Ich mache bald Furchen." Er war schon sehr krumm gewesen.

Erzählt von Ziegler Martin

166. Am zweiten Ostertag haben sie auch Hähne geschossen auf der Wiese und sind auch zur Riffelt Erika gegangen. Und diese haben gesagt: „Na Erika, oder einen Eimer Wein, oder einen *Kokesch (*Hahn) müsst ihr auch geben. Die Erika gleich: *„Misch, Misch,* gib lieber einen Eimer Wein, davon haben wir mehr als *Kokesch.*

Erzählt von Gaber Susanna geb. Schneider

167. Eine Frau, ich weiß nicht mehr wer es gerade war, sie war gegangen in den Laden um so ein Band zur Verstärkung des Saumes zu kaufen. Ihre Mutter hat sie geschickt um solchen *Vuerstiß.* Sie wollte sich den Saum am Rock verstärken. Nun war sie gegangen und hat nicht gewusst, wie es heißt und hat gesagt: „Drei Meter Stoß unter den Rock".

Erzählt von Gaber Susanna geb. Schneider

168. Als dem *Gaber Gust* das Kind gestorben war, sie sollten an dem Tag taufen und hatten alles vorbereitet. Und Samstag abends war ihm der Junge gestorben. Dann hat er gesagt: *„Hei Gang tie houst mer de Figur gemoucht."* (Du Junge, du hast mich betrogen).

Erzählt von Depner Susanna geb. Schuster

169. Meine Schwiegermutter hat mir erzählt, als sie ein Kind war, hätten da auf dem Hof drei große Männer gelebt, die wären wie Riesen gewesen. Die hatten auch nicht geheiratet. Die seien sehr böse gewesen. Dann hätten sie keinen Stöpsel gehabt für das Weinfass. Sie hätten auch keinen Ziehkürbis gehabt. Sie hätten dann so ein Loch ins Weinfass gemacht und von da getrunken. Dann hätten sie nicht mehr zugestopft und hätten gerufen: „Ohje, der Wein fließt heraus. Der Wein fließt heraus!" Sie hätten immer den Finger dorthin gehalten. Zuletzt ist er ja alles raus geflossen.

Erzählt von Elsasser Sofia geb. Schuster

170. Die *Natzifusitant* hätte erzählt in der Gruppe (im Weingarten), sie wären in die Kokel gefahren mit den Büffeln. Und eine Büffel wäre ihnen auf dem Weg niedergefallen. Und der *Ma-ma-marz* wäre heruntergekommen und hätte sie ein bisschen *ma-ma-ma-skiert* und dann wäre sie aufgestanden.

Erzählt von Elsasser Sofia und Elsasser Reinhold

171. Der Herr Walzer war einmal hier als wir getauft haben, und der Meister hatte als erster so ein Kassettophon. Und der hat den Herrn Walzer aufgenommen. Der hatte eine Rede gehalten. Und nach einer Zeit, als er nicht mal mehr dran denkt, setzt sich der Herr Walzer hin und isst, nur lässt dieser das laufen. Dieser erschrocken springt auf und schlug mit den Händen: „Was ist das? Was ist das? Das kann nicht sein. Meine Stimme, wer soll das reden?" Dann erklärt ihm dieser es ja. „Na so was du Junge, na so was soll jetzt sein," hat der sich verwundert.

Erzählt von Gaber Susanna geb. Schneider

172. Der *Getsemoimer* hat zusammen gewohnt mit meinem Vater, und sie sind viele gewesen und hatten aber nur ein kleines Haus. Dann als sie umgezogen waren, hat er gesagt: „Klein und voll, ist besser als groß und hohl."

Erzählt von Elsasser Sofia geb. Schuster

173. Der *Neklich,* der war immer zehn Schritt vor dem Vieh gewesen und hat immer gesagt: *„nor neklich, nor neklich.",* dann er hat den Weg zweimal gemacht.

Erzählt von Schuster Maria

174. Die *Blousegris,* als man den ersten Fernseher nach Bulkesch gebracht hatte, sagte; „Kommt, kommt ich will das Fernsehen sehen. Im Rathaus war er. Na sie sind ja gegangen und nach einer Zeit sagt sie: „Du kommt der Fernseh nicht, den Ferseh hab ich nicht gesehen.“ „Na wie Großmutter, das ist ja der Fernseher.“ „Aber den Fernseh hab ich nicht gesehen.“ Wer weiß, was sie sich darunter vorgestellt hatte.

Erzählt von Gaber Susanna geb. Schneider

Thellmann Stefan jun. beim Militär

175. Der Auner wäre bei einem General Diener gewesen. Und der war einmal weg und hat die Generalkleider zu Hause gelassen. Dieser hat gewettet der Offiziersdiener mit seinen Kollegen, er würde sich die Generalkleider anziehen und ins Restaurant gehen und einen Schnaps trinken und wieder herauskommen. Und dieser geht hinein und alle Offiziere salutieren ihn. Er geht und trinkt den Schnaps und geht weg und die Offiziere waren wieder alle aufgestanden und hatten salutiert. Und seither ist ihm der Namen General geblieben.

Erzählt von Ludwig Christian

SCHWÄNKE VON LEUTEN, DIE EINE SPRACHE NICHT BEHERRSCHEN

176. Als die *Gabergris* in den *Hom* gegangen war um Eier zu kaufen, hat sie immer gefragt die Rumäninnen: *„Bună ziua, nu cumpăraţi ouă?"* (Guten Tag, kauft ihr Eier?) „Nein, wir haben," haben die immer gesagt. Und sie ging der Reihe nach zum nächsten und nächsten und ging nach Hause ohne Eier und sagt: „Diese Rumäninnen haben keine Eier, keine Eier haben sie." Sie hat immer gesagt, ob sie nicht kaufen würden.

Erzählt von Gaber Susanna geb. Schneider

177. In der Früh hat die *Gabergris* statt *„Bună dimineaţa"* (Guten Morgen) immer: *„ Bună sculare de la mîncare"* (Gutes Aufstehen vom Essen) gesagt.

Erzählt von Gaber Michael

178. Dann die *Bendergris* hätte statt *„poftă bună"* (Guten Appetit) immer gesagt: *„bună muncă"* (Gutes Arbeiten).

Erzählt von Gaber Hubert

179. Ebenfalls die *Gabergris* hat gesagt zu ihrem Schwiegersohn, der hätte sich gut benebelt (betrunken), dann sagte sie immer: *„Costică dragă, nu mai beau, Costică." „Las că beau eu mamă, d-ta nu trebuie să bei."* (Costică, lieber, **ich** trinke nicht mehr, Costică." „Lass nur Mutter, ich trinke, du musst nicht trinken."

Erzählt von Gaber Susanna geb. Schneider

180. Als die *Nelitant* (eine Rumänin) einmal zu ihnen kam, die ging immer zu meinem Schwiegervater und einmal war er krank im Bett und sie hat gefragt: *„Unde-i Herr, dna Gaber?* (Wo ist der Herr, Frau Gaber?) *„Du-te acolo înauntru, pe el pe pat."* („Geh dort hinein auf ihn aufs Bett").

Erzählt von Gaber Susanna geb. Schneider

181. Die *Bendersäster* hat immer so lustig mit der *Pulină* (pula heißt auf rumänisch Penis) statt Paulină. Sie hat sie gerufen, um ihr beim Futterrüben ernten zu helfen. Sie hat gesagt: *„Tu Pulina, nu vi pe mine pe nachi?"* („Du Pulina, kommst du nicht auf mich auf die Rüben?") Dann hat die gesagt: „Wo ist *Misch,* warum soll ich kommen?" Dann hat sie geantwortet: *„Misch pe gară, tu Pulina, si eu-s pe pepeni."* („Misch ist über dem Bahnhof und ich bin auf den Melonen".)

Erzählt von Gaber Susanna geb. Schneider

182. Die *Bendersäster* war zu einem Rumänen gegangen und hat gesagt: *„Hai leagă mă, mulge mă, că vaca m-o fătat."* („Komm binde mich, melke mich, denn die Kuh hat mich gekalbt."). Die Kuh hat gekalbt und ihr Mann war auf dem Feld.

Erzählt von Zoppelt Karl

183. Die *Bendergris* hat statt *„Poftă bună"(*„Guten Appetit!"):*„Hai pe el!"* Komm auf ihn!") gesagt.

Erzählt von Gaber Hubert

184. Dann hätte die *Bendersäster* gesagt: *„N-aţi văzut pe gisken a mea? Are tangalanga la grumaz si seamănă cu mamă ta."* („Habt ihr mein Geißlein nicht gesehen, es hat eine Tangalanga(Glocke) am Hals und ähnelt deiner Mutter.")

Erzählt von Tellmann Stefan

185. Die *Gabergris* oder die *Henenggris* war in Blasendorf im Laden gewesen und wollte Drucker kaufen und hat gesagt: *„Daţi-mi din alea care se pune unul pe altul şi fac pîc şi unul din ăla care face rîci încoace, rîci încolo."* („Gebt mir solche, die man eins aufs andere tut und sie machen pk und von dem, der ritsch herüber, ritsch hinüber macht.") Das war ein Reißverschluss.

Erzählt von Gaber Hubert

186. Die *Gabergris* war gegangen, sie soll Taschentücher kaufen und hat die so verlangt: *„Dati-mi din alea unde fetele fac pf.pf.pf." („*Gebt mir solche, wohin die Mädchen pf. pf.pf. machen.")

Erzählt von Gaber Susanna geb. Schneider

187. Die *Bendergris* hat sich die Sau gesucht und hat einen Rumänen getroffen und hat gesagt: *„N-aţi văzut pe poarca mea? Odată alb odată negru"* („Habt ihr meine Schweinin nicht gesehen? Einmal weiß und einmal schwarz.")

Erzählt von Konnerth Sara geb. Ziegler

188. Die *Frau Schuller*, die wäre auch im Geschäft gewesen beim *Geri* und hat zu ihm gesagt: „Du Geri hast du keine Populariwurst mehr? Das waren *cîrnaţi populari (*Bauernwürstchen*)*gewesen.

Erzählt von Gaber Susanna geb. Schneider

189. Ich ging an einem Abend Milch holen zur *Frau Schuller.* (Sie war Ungarin) Dann sagte sie: „Na was hast du heute gemacht? „Na ich habe das und das gemacht." „Na schau das Martin ist gefahren und hat mir alle Steffermikätzchen kaputtgemacht." „Was ist das , Frau Schuller, was sind das?. „Na schau hier." Dann sah ich ja, dass es die Stiefmütterchen waren. (Sächsisch *Steffmetterchen*)

Erzählt von Orendi Hertha geb. Gross-Bosch

190. Sie hatten einen Ausflug gemacht die Pensionisten und der Mann von der *Frau Schuller,* der Martin muss ja das Omnibusfahren nicht vertragen haben. Sie war nicht mit dabei. Sie hatten ja Wirtschaft. Nun war es dem übel geworden und er schämte sich vor den Leuten und es kam ihm zu brechen und es kam ihm auch von unten. Und als er nach Hause gekommen war, hat man darüber geredet, was er nun gemacht habe. Dann hat sie erzählt: „Was denkst du, das Martin hat die neuen *Pantalonen* an. Hat es sich alles beschissen und hat sich auch alles zerbrochen auf dem Autobus."

Erzählt von Orendi Hertha geb. Gross-Bosch

191. Der Reder hatten immer die Büffel von der *Frau Schuller,* dann wollte sie melken am Abend, dann brachten diese sie nicht rechtzeitig heim. Dann war sie immer zornig: *„Det äs zem Schlocken trefen än det Jirk, det Vagabundus hout mer det Bäffel weder net himen gedran." (*„Dies ist zum Schlag treffen in den Georg, der Vagabund hat mir das Büffel wieder nicht heim getragen.")

Erzählt von Orendi Hertha geb. Gross-Bosch

192. Die *Frau Schuller* hat zwei Enten von der *Bontfertgris.* Sie sollte sie um die Hälfte stopfen. Als wir nach der Ente kamen mit der *Teni,* so war die Ente gestorben. Ihre hatte sie geschlachtet und die andere war gestorben. Dann hat sie gesagt: *„Det Schlocken trefen, ents wour et net defräukt, nie äs et defräukt."* (Das Schlag treffen, jetzt war es nicht verreckt, nun ist es verreckt.")

Erzählt von Tellmann Sofia geb. Schuster

193. Dann hat sie einmal gesagt, die *Frau Schuller:* „Bin ich gestolpert über das *Blei.* (Blech)..., habe ich mich angehängt an das *Ei* (Eisen)...Hab ich mir zerbrochen die *Flischen* (Pfersen).

Erzählt von Orendi Hertha geb. Gross-Bosch

SCHWÄNKE VON DIEBEN UND BETRÜGERN

194. Der alte *Licsander* war ein großer Räuber gewesen, aber er hat nur von denen gestohlen, die viel hatten.

Erzählt von Zikeli Katharina geb. Willesch

195. Der alte *Licsander* war des *Hann* sein Arbeiter und man hat ihm immer den Speck gestohlen und er wusste nicht wie und woher. Er hat ja gedacht, dieser nimmt dir, aber erwischt hat er ihn nicht. Nun hat der sich alles angeschaut am Tag. Schlau war er der *Licsander.* Dann hat sich der alte etwas angebracht an den Speck mit einem Draht und wenn man am Speck arbeitete, so fiel das Kissen auf ihn. Und in einer Nacht war das Kissen auf ihm. Dieser schnell auf, hinaus in den Schuppen und sperrt auch die Tür zum Dachboden und zur *Kellter (*Weinpresse) zu. Nun da er gehört hatte, dass jemand da war, hat er gerufen: „Kommt zu Hilfe, ihr Nachbarn! Ich habe den Räuber.“ Der Alte wusste nun nicht wohin. Diese haben im Hof alle gelauert, aber vorne hat niemand gelauert. Der war vorne am Giebelloch hinuntergerutscht. Nur auf einmal, bis diese sich dorthin begeben, war der Räuber davon. „Du wo ist er, er war hier, was ist jetzt?“ Und beim Herunterspringen hat er sich den Fuß gebrochen. Dann hätte er sich so mit dem zerbrochenen Fuß gezogen bis hinunter beim *Tumes.*Und in der Früh hätten sie ihn dort so gefunden.

Erzählt von Gaber Michael

196. Die zwei *Zikelien* hätten Pferde gehabt und sind beim *Lekef* (Kneipe) gewesen und haben dort getrunken. Und als sie herausgekommen sind, haben die Pferde gefehlt. Man hat ihnen die Pferde genommen. Sie wussten aber nicht woher, aber sie haben gleich gesehen die Spur und hatten sie dann gefangen die Zigeuner. Einen hatten sie tot geschlagen und einer war ihnen entkommen. Sie hätten ihn in die Kokel geworfen und haben sich die Pferde gebracht. Sie haben nicht aufgegeben. Früher sind die Leute viel wilder gewesen als heute.

Erzählt von Zikeli Katharina geb. Willesch

JÄGERLATEIN

197. Ich soll aber das erzählen. Ich war damals noch Kutscher. Es war um eine Zeit, da gingen wir immer auf die Jagd. Ich war damals noch kein Jäger, aber mit den Pferden. Und als wir auf der Jagd waren, dort beim *Boiaschenbinkeln,* haben sie mich dreimal so herumgedreht, dann hörte ich zwei Mal schießen und fertig, das Schwein war da. „Na schnell das Pferd, wir sollen es bin dorthin ziehen." Jetzt lief ich ja da herum, ich wusste nicht, wo wir waren, aber das Pferd hatte ich geholt. Wir zogen das Schwein heraus und brachten es dorthin. Da war ein großes Feuer und wir sollten die Leber dort braten. Es war aber ziemlich kalt. Zu trinken gab es nichts. Sagten sie: „Du bist der jüngste. Geh zum *Samonkel* hinunter um eine Kanne Wein." Na was sollte ich machen, ich war froh, dass sie mich mitgenommen hatten auf die Jagd.Ich ließ alles dort, nur aufs Ross und schnell geritten um einen Krug voll Wein. Und als ich hinaus, kein Feuer mehr, nichts. Dann begegnete ich ihnen auf dem Weg. Sie kamen zum *Barten Hans."*Es war uns zu kalt draußen, wir sollen die Leber bei ihm zu Hause machen." Nun hatte man die Leber gemacht, und ich stocherte immer da herum. Ich hatte meine Bratwurst auch da hinein geleert. Immer stocherte ich da herum, immer stocherte ich da herum. Nur sagte der *Barten Hans:* „Was suchst du da*?"* „Ich habe meine Bratwurst auch hierher getan." Das andere soll er erzählen.
In der Zeit, als er nach Hause gegangen war um den Wein, er hatte eine gute geräucherte Bratwurst, hatten wir ihm die gegessen und hatten ihm ein Wolfenexkrement, das war gefroren, eingepackt in seinen *Toiser* (Brotzeitbeutel). Und wir sind hereingekommen und er denkt: „Du bei dieser Leber, hat auch meine Wurst Platz." Ohne jemand etwas zu sagen, hebt er den Deckel in die Höh und leert seine Wurst auch hinein. Nun als wir dort aßen war mir das auffällig, wie er dort herumgrübelte. „Du was suchst du?" „Du *Komi,* ich habe meine Wurst auch her geleert." Als wir so laut lachten, kam auch meine Frau und fragte: „Was ist, was ist, hab ich zu stark gesalzen, zu viel Pfeffer oder Knoblauch getan?" Wir schwiegen, wir wollten es ja nicht sagen, aber wir mussten es ja gestehen. „Schau was er gemacht hat und was passiert ist:" Um Gottes Willen, Hans, *dai giet Kastroul!" (*der gute Topf)

Erzählt von Konnerth Martin und Barth Hans

198. Sie sagten zu mir: „Weißt du was, wenn du Jäger werden willst, dann müssen wir zuerst auch ins Gebirge, nur dann kann man wissen, ob du auch tauglich bist für dieses." „Na, wohin sollen wir fahren?" „Wir fahren in die Fogarascher Gegend zu dem *Spatzi.* Wir waren hinaus bis Arpaşel, nun da war auch großes Wild. Ich war noch nicht gewohnt. Hier bei uns waren ja Wildschweine, aber dort waren auch Wölfe, Bären und Wildkatzen. Nun war ja die Wildhütte nicht weit, wo wir übernachten sollten, aber der Fluss war einige hundert Meter und wir sollten, also ich von dort ein bisschen Wasser holen. Wenn man abends ein bisschen tief ins Glas schaut, muss man in der Nacht viel Wasser trinken. Na der Hans sagt: „*Komi,*geh du und bring ein bisschen Wasser."

Na ich wäre ja gerne gegangen, ich wollte ja auch nicht zeigen, dass ich Angst hätte zu gehen. Ein Jäger darf ja nicht Angst haben. Aber Büchse haben sie mir keine gegeben. Ich sollte ja erst Jäger werden. Na ich nahm trotzdem den Eimer und gehe. Es war so ein kleines Eimerchen. Als ich dorthin gehe an den Fluss, kommt ein Bär. Ich renne und als ich vor der Tür war, muss dort so ein Holz oder etwas gelegen haben. Ich hänge mich an, falle hin, der Bär hinter mir, über mich und hinein in die Wildhütte. Dort war der Hans. Ich ziehe die Türe zu und sage: „Schau *Komi,* was ich dir gebracht habe.“ „Mit diesem werde ich fertig, geh hol den andern.“ Am nächsten Tag sagte er zu mir: „Komi, siehst du ich habe dir gut geraten, wenn du das Holzmesser mitgebracht hättest, dann hättest du deine Unterhosen nicht zerrissen.“

Erzählt von Konnerth Martin

199. Wir waren auf der Kokel in Bulkesch neben der Brücke und ein Fischer war dort und warf die Fischlein heraus und der Jäger mit der Büchse,- keine Ente....Nach einiger Zeit kommt eine Ente, dieser schießt aber über der Kokel. Nun waren ca. 5 Km bis zur Brücke und noch fünf Km bis zur Ente. Das wären 10 Km bis hin und bis zurück 20 Km. Da sagt der Jäger: „Wie sollen wir die Ente herüber bringen?“Sagt der Fischer : „Weißt du was? Komm wir erzählen einen Witz“ Er einen Fischerwitz, der andere einen Jägerwitz und die Kokel gefror zu und sie brachten die Ente über das Eis.

Erzählt von Ziegler Martin

200. Die Jäger haben die Pflicht jedes Jahr müssen sie zwanzig paar Füße abgeben dem Staat. Aber ich war ein schlechter Schütze und habe sechzig Eier von den Kindern abgekauft und habe die abgegeben. Nachher sind wir nach Seiden zu mir nach Hause gegangen. Der Barth, mein guter Freund hat in jedes Paar Stiefel zwei Eier getan. Später hat man im Hof getanzt und als sie zu Hause angelangt waren, hat bestimmt jeder etwas in den Strümpfen.

Erzählt von Ziegler Martin

ORTSNECKEREIEN

201. Auf einer Hochzeit hatten die Bulkescher einen Fuchs geschossen und ihn den Köchinnen gegeben, als sei es ein Hase. Sie haben ihn gebraten und ihn den Seidern gegeben. Seither nennt man die Seider die Fuchsfresser.

Erzählt von Depner Georg

202. Lange Zeit ist beim *Deuwebronen* (Taubenbrunnen) geschrieben gewesen. Die Seider kamen dorthin auch um Wasser. Die Jungen, die Knechte hatten es geschrieben beim Brunnenfahren: Kommt ihr Seidner und stillt euch den Durst,
denn ihr habt gefressen vom Fuchsen die Wurst.

Erzählt von Schuster Regina geb. Depner

203. Dann hätten die Seidner dazugeschrieben:

Kommt ihr Bulkescher auch herbei,
denn ihr habt gefressen den *Malai.* (Maismehlkuchen)

Erzählt von Depner Georg

204. Früher waren die Schönauer nicht so reich gewesen. Dann hätten die Bulkescher zu den Schönauern gesagt:

Schiner, Biner, Bokantschios (Schönauer, …..
Fräss dem Frosch de graine Foss (Friss dem Frosch den grünen Fuß)
Schmeis en än de Kämpel (Schmeiß ihn in den Tümpel)
Fräss em uch de Strämpel (Friss ihm auch den Schenkel)

Erzählt von Depner Sara

205. Wenn die Seidner nach Bulkesch zum Hofführen kamen, sagte man sie würden sich auch noch die Sohlen von den Schuhen putzen. Vom *Kepetsi* sagte man, wenn er *än de gous (*Stelldichein) gekommen wäre, hätte er sich auch die Sohle geputzt.

Erzählt von Depner Georg

206. Ebenfalls dorthin zum *Deuwebronen* hätten die Knechte geschrieben:

Die Seidner Mädchen sind stolz
Aber sie legen sich auch auf ein Holz.

Erzählt von Depner Sofia geb. Wadt

207. Der Bulkescher und der Seidner waren auf die Jagd gegangen, Wildschweine jagen. Und der Seidner hat immer gesagt, was für eine gute Wurst sie machen würden. Und als das Wildschwein angerannt kommt, erschreckt sich der Seidner und kriecht schnell auf den Baum. Der Bulkescher legt das Gewehr an und erschießt das Schwein. Und dann sagt er zum Seidner: „Na wie ist es mit der Wurst?“ „Sie ist in der Hose“, hat der gesagt.

Erzählt von Schmidt Michael

208. Beim *Deuwebronnen* ,der war zwischen Bulkescher und Seidener Hattert (Fluren) tranken auch die Seidner Wasser. Und weil die Knechte den auch putzten, erhielten sie vom Richter von Seiden einen Eimer Wein. Als die Bulkescher nun einmal um den Wein gegangen waren, so war nur die Mutter des Richters zu Hause. Und sie hatte keinen Eimer und hat mit dem *Vierel* (Viertel) gemessen und das enthält zwei Eimer.

Erzählt von Depner Georg

209. Über Seiden, Bulkesch und Schönau sagt man:

Schönauer Brot
Seidner Frauen
Bulkescher Wein
bei dem sollst du sein.

Die Schönauer backen gutes Brot. Über die Frauen von Seiden hat man gesagt, dass sie sehr auf ihr Aussehen achten. Und die Bulkescher haben den besten Wein.

Erzählt von Depner Georg

210. Wenn man nach Seiden fährt, sagen die Seidner:

„Morgen sollen wir backen, ich habe gar kein Brot mehr, morgen sollen wir backen.“

Erzählt von Schuster Regina geb. Depner

211. Wenn die Seidner in die Arbeit gingen, dann gingen sie mit den geputzten Schuhen bis auswärts des Dorfes und von dort weiter gingen sie barfuß.

Erzählt von Depner Georg

212. Man sagt: Der Seidner mit dem steifen Kragen und dem hungrigen Magen.

Erzählt von Depner Susanna geb. Schuster

SCHWÄNKE ALLGEMEIN MENSCHLICHEN INHALTS
Der Junge

213. Der Vater hat den Jungen mit einem Sack voll Mehl in die Mühle geschickt. Und früher musste man weit gehen bis nach Langental. Und der Junge hat den schweren Sack nicht tragen können und hat geweint. Nur auf einmal war ein Mann dort vorbei gekommen und hat ihn gefragt, warum er weinen würde. Und der Junge sagte es ihm und dieser sagt: „Nicht mehr weine, Junge, ich trage dir den Sack.“ Und als sie dann in der Mühle angekommen waren, fragt dieser Mann den Jungen: „Wieso hat dein Vater dich allein geschickt mit so einem schweren Sack?“ Dann hat der Junge gesagt: „Mein Vater hat gesagt, geh nur, es findet sich bestimmt ein Esel, der ihn dir trägt.“

Erzählt von Konnerth Martin

212. In der Schule haben die Kinder die Aufgabe erhalten, einen Aufsatz zu schreiben. Na, der Junge soll nun auch schreiben und denkt nach. Es kommt ihm nichts in den Sinn. Dann sieht er die Dienstmagd geht in die Scheune. Schnell geht er und schreibt: „Die Magd geht in die Scheune.“ Dann sieht er, dass auch der Dienstknecht in die Scheune geht und schreibt weiter: „Der Knecht geht hinter ihr.“ Also zwei Sätze hatte er, aber weiter wusste er nicht mehr. Denkt er: „Lass nur, du gehst und siehst was sie machen und dann schreibst du weiter.“ Na cr geht und guckt durch einen Spalt und dann kommt er und schreibt:

„Die Magd liegt tot am Boden.
Der Knecht liegt oben drauf.
Er zappelt aus den Beinen.
Wahrscheinlich stirbt er auch.

Erzählt von Konnerth Martin

215. Jeden Samstag hat ein Junge dem Kantor eine Henne oder einen Hahn gebracht und es war nun wieder ein Junge gegangen und hat ihm einen Hahn getragen und der ist ihm entwischt. Dann hat der Junge gesagt: „Ich bitte Herr Lehrer, der *Kokesch* (Hahn, umgangssprachlich auch männliches Glied) ist mir unter die *Mutzen*brücke (umgangssprachlich auf rumänisch Scheide) gelaufen." Er wollte *Matzebräk* sagen.

Erzählt von Depner Sara

216. Sie hatten viele Kinder gehabt und als sie wieder einmal ein Kind getauft hatten, sagt der Junge zu seinem Vater: „Vater mach Kinder, die Taufe schmeckt gut."

Erzählt von Depner Georg

217. Wir waren drei Kinder. Er war der älteste und er war so ungefähr 5 Jahre alt. Und wir hatten so ein kleines Tischchen, an dem wir immer aßen. Meine Mutter hat einmal Gäste bekommen, Pfarrleute, der Herr Pfarrer Höchstmann und sein Anhängsel und Lehrersleute und hat die wahrscheinlich an einem Nachmittag für irgendetwas eingeladen und hat Kaffee serviert. Da hat der *Hanzi* sein Tischchen auch gedeckt: „Dies ist der Frau Pfarrerin, dies ist der *Gisellatante*, dies ist der anderen Tante und dies ist dem Herrn Pfarrer, und in das Tässchen hat er geschissen und es auf den Tisch gestellt.

Erzählt von Orendi Herta geb. Gross-Bosch

218. An einem Sonntag haben die *Gergel Ziritant*, die konnte so schön singen und die war damals noch eine *Maid* (Jugendliche) und hatten auf dem *Glater* (Empore) gesungen zu irgend einem Fest. Und als die heimkamen, damals gingen die Kinder auch alle in die Kirche. Wie alt der *Hanzi* damals gerade war, weiß ich nicht mehr. Da hat die gefragt: „Na, *Hanzi* haben wir schön gesungen in der Kirche?" „Ja"- „Na, wie hat es geklungen?" „Na, wie mein Arsch im Herbst."

Erzählt von Orendi Herta geb. Gross-Bosch

219. Dort bei der *Barten Sigrid,* in der *Te(i)schgous* auf dem verwüsteten Hof, da ist ein Schneiderhof und da saß immer die alte *Schneidergris* vor dem Tor. Nun diese Kinder liefen dort hinauf und hinunter. Da hat sie wieder einmal zu ihm gesagt: „Wo warst du *Hanzi*?" „In eurem Arsch." - „Na, wie ist es dort?" „Na, dunkel."

Erzählt von Orendi Herta geb. Gross-Bosch

220. Dann hat er ihr die sämtlichen Marmeladengläser aus der Kammer geschleppt in den Entenstall. Und sie fand auch ihn nicht , auch die Marmeladengläser nicht. Aber sie hat sich ja gedacht, dass er es sein müsse. Immer: „*Hanzi,* wo bist du? *Hanzi,* wo bist du?“ „Hier bin ich.“ Er sei fast erstickt. Er hatte die Marmeladengläser so gestapelt unter sich und sich darauf gesetzt. Und er war ja lange dort so gesessen und die Enten waren ja nicht im Stall. „Was hast du da?“ Dann hat sie ja gesehen. Er wollte den Enten zu fressen geben. So lange ist er da gesessen, er solle den Enten Marmelade geben.

Erzählt von Orendi Herta geb. Gross-Bosch

221. Unser *Hanzi* war das aller schlimmste Kind in der Gemeinde. Und der hat jeden Tag Schläge bekommen, dass er verhundet war in der Schläge. Und in der Früh sagte er dann zu seiner Mutter: „Na, Mutter, schlag mich jetzt, dann bin ich für heute frei, denn ich weiß, ich bekomme sowieso.“

Erzählt von Orendi Herta geb. Gross-Bosch

222. Die *Hermitant* und die *Friedchentant* waren klein und oben bei der *Boschgris* war eine große große Scheune. Nun stieg der *Hanzi* auf die Scheune und saß so in der Grätsche auf den Dachstulpen und rief von da: „*Friedchen, Hermi*, Servus, nun sterbe ich und krieche in den Himmel. Schaut!“ Und läßt sich auf der anderen Seite auf der Scheune hinunter. Diese weinend: „Mutter, Mutter, der *Hanzi* ist gestorben, er ist jetzt in den Himmel. Er ist jetzt in den Himmel.“ Wie erzählt man, wenn man stirbt, kommt man in den Himmel. Und die glaubten das und machten ein Spektakel draus. Meine Mutter schreiend: „Was hat dieser wieder angestellt? Wo ist er?“ Nur auf einmal kam er von der anderen Seite der Scheune und lachte diese aus, weil sie geweint hatten.

Erzählt von Orendi Herta geb. Gross-Bosch

223. Dann wieder einmal war er in den Wald gegangen, damals war er schon etwas größer, mit vielen Jungen, sie sollten Pilze suchen. Na er war nicht für so etwas. Er war schlau, er machte nicht gerne mit. Er ging mit denen mit, aber Pilze wollte er keine suchen. Aber nach Hause wollte er doch nicht ohne Pilze gehen. Nun die ganze Klicke hatte ziemlich viele Pilze. Er hatte keine gesammelt. Als sie nach Hause kamen, sie waren beim *Kirchenbäsch* (Kirchenwald), dann über das *Noi Lund* (Neue Land) und kamen dort heraus und es war dort ein tiefer Brunnen. Sagt er:„Na, wer gibt mir fünf Pilze, ich springe in diesen Brunnen.“ Na wie die Kinder so sind: „Ich, ich , wir wetten, wir wetten“ Na niemand hat geglaubt, es würde wahr werden. Und er hat die Pilze bekommen und war hineingesprungen. Das Wasser hat ihn ja auch wieder heraufgebracht und er war wieder herausgekommen.

Erzählt von Orendi Herta geb. Gross-Bosch

224. Ebenfalls in einer Scheune hat er sich an den Brettern hochgezogen bis er an die *Kraihelzer* (Querbalken) gelangt war, die Querbalken in der Scheune. Er konnte aber nicht von einem zum anderen reichen und dann hielt er sich fest und sprang und musste nun durch die ganze Scheune durch. Nur kam meine Mutter und wusste nicht was tun. Da hat sie nun einmal nicht geschimpft, da hat ihr Herz fast aufgehört zu schlagen, als sie sah, wie er sprang und hat gesagt: „Komm, du Junge herunter, komm schön herunter." „Nein, ihr schlagt mich." „Komm herunter *Hanzi,* ich tue dir nichts." „Nein, ihr schlagt mich." Sie ging dann weg und er war dann herunter gekommen. Dann hat sie ihn doch geschlagen: „Na seht ihr, ihr habt mich geschlagen."

Erzählt von Orendi Herta geb. Gross-Bosch

225. Als Schulkind war er hier auf die Schule gestiegen und seine Mutter kam und sollte wahrscheinlich ins *Gescheift* (Laden) gehen und die Kinder riefen alle: „Oje, der *Hanzi* ist auf der Schule, seht er geht dort spazieren." „Komm herunter, es ist ja nicht schade um dich wenn zu zerplatzt, nur um die Dachstulpen und Dachziegeln, die du zerbrichst", sagte sie dann.

Erzählt von Orendi Herta geb. Gross-Bosch

Klassenfoto Jahrgang 1954, Deutsche und rumänische Schüler
mit Klassenlehrer Demuth Friedrich

226. Wir hatten kleine Häschen bekommen, dann hat Egon an einem Tag gerufen: „Komm schnell Mutti, schau wir haben kleine Häschen." „Ich habe ja schon welche gesehen." „Komm und schau, komm und schau, wie hat die sie gemacht, du hast ihr ja gar keine Eier untergelegt", sagte er. Und ich sagte: „Der tut man keine Eier unterlegen." „Na wie, der Glucke hast du Eier untergelegt und dann kommen die Küken und diese, wie kommen diese?" „Die kommen so wie die Babys." „Aha, die wachsen im Bauch", sagte er, „aber das glaube ich dir auch nicht, denn die Mütter, die schafft man ins Krankenhaus, dort schneidet man ihnen den Bauch auf und das Baby kommt heraus. Diese habt ihr nirgendwo hin gebracht", sagte er. „Sag jetzt wie kommen sie heraus?" „Ach schau da unterm Schwanz haben sie ein Loch, dort kommen sie heraus." Sagt er:„Geh hinüber, das ist das Arschloch, wenn sie daher kommen würden, so müssten sie ganz beschissen sein."

Erzählt von Gaber Susanna geb. Schneider

Sau mit Ferkeln

227. Ich hatte auch Abmagerungskur gemacht, so dass ich nicht essen konnte, dann als sie aßen, saß ich einfach da. Sagt der Hubert eines Tages: „Aha, lass nur ich weiß, warum du nicht isst." „Warum, du?" „Lass nur, ich weiß du bist wieder *brimmich,* deshalb kannst du nicht essen. Unser Schwein kann auch nicht fressen, weil es *brimmich* ist.

Erzählt von Gaber Susanna geb. Schneider

228. Der *Hanebrieder* waren viele Kinder gewesen und ihr Vater war ein sehr begabter Mensch gewesen. Er war hier Kassierer gewesen und dann hielt er seine Familie sehr fern von sich. Er aß nicht mit denen zusammen. Die aßen separat. Der *Hanebrieder* , der ist ja noch niederträchtiger gewesen wie sein Vater. Er sagte, seine Mutter hätte ihm den Teller hingestellt und besseres Besteck hätte er gehabt, wie sie. Dann, bis seine Mutter oder sein Vater hineingegangen wären in ihr Zimmer zum Essen, wäre er hineingegangen und hätte ihm den Teller geleckt und gesagt: „Na, jetzt kannst du essen. Dein Teller ist sauberer als unsere."

Erzählt von Zikeli Michael

229. Der *Kosper* und unser *Dani* sollten zum *Hermann* zu den Königsbirnen gehen. Der *Riffelt Motz* wohnen dort daneben. Nun bin ich zu dem gegangen: „Komm du, wir sollen etwas anstellen." Nun war der *Fätzen* auch bei den anderen, beim *Kosper* und beim *Dani.* Der *Fätzen* der war ja immer der Matador dort, der stieg auf den Baum hoch und schüttelte. Während dessen wir durch den Garten vom *Riffelt Motz* und riefen: „Na, wartet ihr, ich geb´ euch schon!" Diese liefen davon, unser *Dan* und der *Kosper.* Der *Fätzen* sprang herunter aber er konnte nicht mehr über den Zaun. Er geht und setzt sich unter den Zaun nieder. Wir gingen und sammelten die Birnen auf und sprachen ja miteinander: „Du, sie haben keine mitgenommen, sie haben alles hier gelassen." Da hört uns der *Fätzen* und sagt: „Du, lasst mir auch ein paar, ich habe sie ja geschüttelt." Und kam zu uns. Da sagte ich: „Schnell, füll dir die Taschen und lauf, lauf hier hinunter zum *Riffelt Mots,"* und zeigte ihm aber zum *Hermann,* bei dem die Birnen waren. Der *Hermann* hatten damals einen großen, einen gefährlichen Hund. Zum Glück war er nicht zu Hause. Als er nach vorne läuft und sieht, dass er beim Hermann war, denkt, wenn der Hund kommt und zerreißt dir alle Sachen und man findet dich hier mit den Königsbirnen, rennt zurück: „Du, ihr Banditen, die ihr seid, ihr schickt mich gerade zum *Hermann* hinunter." Dann sagte ich: „Schau, so geht es dir, so ist es gut für dich."

Erzählt von Heiß Martin

230. Der *Reder* und die Kinder hatten so eine lange Eisenschiene, wie eine *toacă* (von den Rumänen statt Glocke benutzt) und hatten in die geschlagen und die Leute (gerade der *Reder)* vor den *Birken* hatten geglaubt, es wäre Mittag. Sie hatten gegessen und hatten sich auch ein wenig hingelegt und es gingen noch Leute, um zehn gehen ja noch Leute in die Arbeit. Diese liegen gerade da am Weg: „Na du, schlaft ihr auch schon um zehn.?" „Na, es hat ja Mittag geläutet." „Geh du, es ist erst um zehn." Na dieser wusste nicht , was das war und war aufgestanden.

Erzählt von Bloos Susanna geb. Friedsam

231. Dann die *Blame Mitzän* hat auch gedacht, es wäre Mittag. Die kommt aus den *Floußen* nach Hause gerannt, sie soll dem Ferkel zu fressen geben. Die hat es geprügelt, weil es nicht fressen wollte. Dann haben auch die Leute gefragt: „Wohin geht ihr schon wieder, ihr seid ja erst nach Hause gekommen.?“ „Ich habe nur das Ferkel gefüttert, es hat ja jetzt Mittag geläutet.“ „Ach woher, es ist erst um zehn.“ „Na, wie?“ Dann hat es sich ja herausgestellt, dass die Kinder es gemacht hatten. Dann hat der *Reder* sie gut geschlagen. Dabei war es ja nichts schlimmes gewesen.

Erzählt von Bloos Susanna geb. Friedsam

Blick von den *Floußen* auf Weingärten und Tannenwald

232. Der *Jirkonkel,* als er noch klein war, ist zur *Wadegris* auf den Namenstag gegangen und hat gesagt: „*Wadegris,* gebt ihr mir was oder gebt ihr mir nichts? Ich bin nicht auf lange Zeit gekommen.“

Erzählt von Depner Susanna geb. Schuster

233. Der *Reder Hans,* die alte *Redergris* lebte damals auch noch, die war schon nicht mehr gerade *im Takt (*normal), sie war halt nun auch alt, dann hat der Hans eine Taschenlampe genommen: „Na, Großmutter stellt euch hin, wir sollen euch fotografieren.“ Dann haben sie sie halt immer hingestellt und da ein bisschen gedrückt und haben dann ein Foto genommen und es ihr gezeigt. Dann hätte sie gesagt: „Aber nicht ich bin es ja, meine Schwester ist es.“

Erzählt von Schuster Sara geb. Bloos

234. Der Hans, der Reder, war in den Backofen gekrochen und hat seine Großmutter immer erschreckt. Immer wenn sie dort vorbeigegangen ist, hat er gemacht: „Hu, hu hu!“ Und sie hatte Angst gehabt und hat gedacht: „Mensch du musst dir was suchen, hier ist etwas.“ Sie ruft den *Matschoster* (den Nachbarn) und sagt: „In unserem Backofen ist etwas.“ Als er dorthin kam, er hatte sich Stroh in die Hand genommen, rief dieser plötzlich: „Oje, nicht anzünden, ich komme heraus!“

Erzählt von Bloos Susanna

235. Die *Rejinitant* (Tante Regina), als sie Kinder waren, wollten sie auch Neujahr feiern und sie wollten sich Feuer machen. Damals hatte man kein Petrolium, man machte mit Öl Feuer. Und sie hatten so ein großes Glas mit Öl und als sie schütten wollten, war es ihnen an der Wand beim Fensterbrett hinunter geflossen. Sie haben schnell vom *Didi* (Opa) die *Pufoaică* (wattierte Steppjacke) genommen und mit der gewischt. Nach einiger Zeit hat Großvater sie angezogen und die Großmutter hat ausgerufen: „Du *Jirku*, du hast mit der guten *Pufoaică* den *Bouchen* (Speckseite) in den Keller getragen.“

Erzählt von Zoppelt Katharina und Kloos Mathias

Speck und Maiskolben aufbewahrt auf dem Dachboden unseres ehemaligen Hauses

JUGENDSTREICHE

236. Deine Mutter (Schuster Susanna) und die *Rouderejinitant*, damals wohnte der Zigeuner, der *Bondi,* dort auf dem Malmerhof, wir waren so etwa vierzehn zusammen. Wie sollten wir nun diesem die Zuckerbirnen stehlen. Der Zigeuner mit seinem Schwager kamen mit der Sturmlampe in den Garten um zu sehen, wer zu den Birnen kommen würde. Die Birnchen hingen rot und den zwei alten Frauen, der *Moimersäster* und ihrer Mutter gestatteten sie nicht, welche zu holen. Dann sagten wir: *„Na laß, wir mouchen en de Figur.“* (Lass, wir zeigen es ihnen.). Er isst keine.
Ich und dein Vater (Depner Friedrich) krochen hinüber mit dem Draht, banden ihn an die Spitze, oben an die Spitze und den Draht nach unten durch den Zaun und zum *Schuller* in den Garten, dort zwei Knüppel dran und dann zogen wir zu viert. Auch noch die Blätter fielen herunter. Nur schreit dieser „Komm du Schwager, komm!“ Als sie so kamen unter den Baum mit der Sturmlampe, der andere kam noch mit der Heugabel, auf einmal zogen wir. Und nichts hörte man. Die Mädchen lagen still hinter dem Zaun, wie die Mäuschen. Niemanden hörte man. Auch noch die Sturmlampe war ihm hinunter gefallen und die Birnen haben sie zerschlagen. Hab keine Angst, die waren *reteriert* (abgehauen): Na, die brauchen keine Birnen mehr. Dann haben wir die Birnen aufgesammelt.

Erzählt von Zoppelt Karl

237. So erzählte uns mein Vater, als sie junge Großknechte gewesen seien. Nun dort wo der *Lädrer Mischonkel, der Spitz,* wohnt, dort habe ein Alter gewohnt. Vor der Stube. Sie hätten so ein kleines Stübchen gehabt. Vor der Türe hätten sie zwei Birnbäume gehabt. Hinter der Stube hätten sie einen Schuppen gehabt. Nun war er ein guter Fleischer gewesen der Alte, aber geizig. Er habe die Kinder nicht zu den Birnen gelassen. Diese Jugendlichen, was haben sie gedacht? Wir passen auf, wenn er nicht da ist. Nur auf einmal war er unter dem Birnbaum gelegen. Nun da er Fleischer war, hatte er auch die eigene Mulde. Zwei von ihnen hatten sie über ihn gelegt. Und dann haben sie ihm die Birnen geschüttelt. Dann hat er immer geschrien: „Lasst mir auch noch welche, lasst mir auch noch welche!“ Na diese haben sich ja genommen und haben ihm einen Feldkorb voll mit Birnen auf die Mulde gestellt. Dann haben sie gerufen die Knechte: „Ihr sollt euch nur die Birnen nicht umkippen, wenn ihr aufsteht.“ Na dann hat er sie ja mit viel Mühe hochgestemmt der Alte. Es wäre eine sehr schwere Mulde gewesen. „Na, dass euch der Teufel hole, auch noch das *Fällpes* (Feldkorb) habt ihr mir genommen und gefüllt und drauf gestellt, ich soll gar nicht aufstehen können, ich soll hier krepieren.“

Erzählt von Zoppelt Karl

238. Beim *Zimmermann* hier unten war das gleiche bei den Aprikosen. Meine Tante sind es gewesen. Immer so eine ganze Klicke. Und der alte ist die ganze Zeit da gewesen von in der Früh bis am Abend, nur während der Essenszeiten ist er nach vorne gegangen zum Essen. Und sie hatten ihm aufgelauert und abgepasst, bis er vom Hüten zum Essen ging. Also waren alle in den Garten gestürmt und hatten geschüttelt, alles auch reife, auch grüne und Äste zerbrochen. Ein Teil war noch geblieben und haben gelauscht, was nun passieren würde. Als der arme Alte nach hinten gekommen war, hat er nichts mehr gefunden. Er hatte nichts mehr.

Erzählt von Thellmann Stefan

239. Als ich von Russland gekommen war, wurde *Fritzendouch* (Namenstag Friedrich) gefeiert. Damals hatte die Leute einen Haufen Wein. Nun war der *Depner Fritz* gewesen und der *Hommen Fritz.* Ich ging hinein und noch etwa fünf kommen hinter mir. Na, deine Großmutter ruft uns hinein. Na wir nehmen ja Platz. Zuletzt gehen zwei hinaus und stehlen deiner Großmutter die zwei schönsten Hähne. Sie hatten damals die Hühner noch mit der Tante zusammen, und noch zwei oder drei Hühner. Aber wie haben sie es gemacht? Sie haben an eine Stange Schwefel gebunden und den Schwefel angezündet und an die Hühnerstange gehalten. Dann waren die Hühner betäubt und fielen herunter und dann hört man sie auch nicht. Sie wurden zum *Natzi* gebracht und dort vorbereitet. Dein Vater wusste aber nichts. Er wusste nichts. Den andern Abend wollten wir Nachschub machen. Dein Vater fragte: „Du, wer gibt nun Wein?“ „Die *Fritzen,* es ist *Fritzendouch.“* Na die *Fritzen* brachten den Wein. Der *Hommen Fritz* hatte dann das Wort: „Na, du Nachbar, weil wir *Fritzen* dran sind, lass uns mal darauf trinken und dann essen wir und dann iss, wie von deinem: „Du, ihr werdet ja meiner Mutter nicht auch den Hahn genommen haben und die Hennen?“ „Nein, nein, hab keine Angst, es sind keine Hähne in der Pfanne nur Schenkel.“ Nach einiger Zeit hat deine Großmutter es ja erfahren.

Erzählt von Zoppelt Karl

Jugendliche bei *Wadt Hildi* im Garten

240. Die *Krästelgris* hatten weiße Enten und es war Schnee gewesen. Nur eines Abends geht sie in die Scheune. Plötzlich sieht sie etwas weißes in der Scheune und denkt es sei eine Ente draußen geblieben. Kommt schnell und macht das Türchen auf und die Enten fangen an zu schreien. Die Gans, es war eine Gans gewesen, als sie hört die Enten *gaggeln* geht hinein. Sie schließt die Tür und lebt in dem, sie habe eine von ihren Enten reingelassen. In der Früh als sie aufmacht, eine fremde Gans reingelassen. „Du *Teni*, es ist hier eine fremde Gans," „Wo, Großmutter?" „Ich dachte ich hätte eine von unseren Enten reingelassen. Ich lasse sie auf die Gasse." „Nein, Großmutter nicht lasst sie auf die Gasse." „Ich brauche sie nicht." „Hört auf, ihr dürft sie nicht auf die Gasse lassen. Lasst sie dort drin." Sie kam schnell zu uns durch den Garten: „Du, wir haben eine Gans, wir machen einen *Schabesch* (Festessen). Aber es darf es keiner wissen. Meine Großmutter schlägt mich auf den Schädel." „Nein, nein, wir sagen es niemandem." „Aber auch diese *Levker* (Liebsten) dürfen nichts wissen," sagt die *Teni.* Wir gehen und sperren die Gassentür zu es soll nicht rauskommen."
Ja, aber wir brauchten von uns auch Teller, so musste ich es meiner Mutter sagen. Na im Vertrauen, sie würde es niemandem sagen, habe ich es ihr auch gesagt. Wir hatten sie geschlachtet, aber der *Stef* und der *Jirk* hatten bemerkt, dass wir etwas hatten. Als ich in der Wolfengasse hinaufging, ich soll zum *Täunkes* (Gedünstetes Fleisch), wir hatten einen *Guisentäunkes* (gedünstetes Gänsefleisch) gemacht, die Fenster alles zugehängt, es sollte ja keiner etwas sehen. Ich mit den Tellern unterm Arm. Meine Mutter geht in der Früh hinunterzu nach Wasser, nach *Blame- Mitzän- Wouser* hinunter. Nur kommt die *Matschostersäster,* die *Mătasăsäster* da rauf und sagt: „Was denkst du, Susi, es flog mir eine Gans, gestern abend so schräg hinüber und sie ist mir nicht mehr nach Hause gekommen." Und meine Mutter gleich gedacht, hopp, das ist die Gans, die die Kinder geschlachtet haben, aber sie hat ja nichts gesagt, sie hat nur gedacht: „Na, die wird dir auch nicht mehr kommen." Als wir die Gans essen sollten, kamen diese Helden alle an die Fenstern und wir, wenn wir einen Schenkel oder ein Stückchen in den Teller nahmen, sagten: *„Diet Scholl die, niet en adu dour die."* Wir spielten Karten mit den Schenkeln und mit den Tellern machten wir kein Geräusch. Und es hat keiner gewusst.

Erzählt von Thellmann Sofia geb. Schuster

241. Wir gingen zur *Grasertant,* nahmen ihren Hahn, das war Ostersamstag und bringen ihn nach Hause zum *Lienert.* Wir waren drei Jungen. Der *Willesch Martin,* der Student, der *Lienert,* der Ingenieur und ich und vier Mädchen. An Ostern gingen wir zur *Grasertant,* wir sollten sehen, ob sie noch einen Hahn hätten. Sie hatten keinen mehr, aber des *Juchumbrieder* ihre waren dort. Die hatten viel Geflügel dort. Hoppla, wir lassen ihn nicht frei, dann zur *Grasertant:* „Tante, macht ihr uns heute das Essen?" „Ja" Dann als wir den Hahn geschossen hatten, brachten wir ihn zu ihr. Sie hat ihn gerupft und sagt: „Diese Leute haben das gleiche Zeichen wie wir am Hahn."

Erzählt von Heiß Martin

242. Wir gingen in den *Ändajen (*Jahresende) Schweine schätzen. Und da wo man es am meisten lobte, der brachte etwas zu trinken. So waren wir auch bis zum *Kirchner* gelangt. Nun dort im Hof waren auch ziemlich viele Enten. Ich packte eine Ente und steckte sie unter die Jacke und wir wurden hineingerufen ins Zimmer und gingen nun hinein und saßen am Tisch und tranken. Immer wenn man ein wenig lauter war und man lachte, hob ich die Jacke und schaute nach, ob die Ente noch leben würde. Ich wollte auch aufpassen, sie soll ja nicht schreien. Und die schwieg wie die Mauer. Dann nahm ich sie unter dem Arm mit nach Hause und schnitten sie und bereiteten sie vor. Dann versammelten wir uns wieder alle und dann zum *Kirschner:* „Iss wie von deinem.“ „Wie, wie?“ Es wurde gezählt: „Eine Ente fehlt, eine Ente fehlt.“ „Vielleicht war es die, von der ich gegessen habe.“

Erzählt von Thellmann Stefan

Schuster Johann 1964

243. Einmal haben sie der *Grasertant* ihren Hahn gestohlen und haben ihn zu ihr gebracht, sie soll ihn vorbereiten und hatten sie auch zum Essen gerufen.

Erzählt von Depner Georg

Jugendliche beim Ziegenbockessen

244. In Bulkesch ist der Brauch, dass man an Ostern die Hähne schießt und wir hatten zwei Hähne und haben noch einen gestohlen vom *Hone Marz* und hatten ihn hinaufgebracht. Am Abend, als wir heimkamen, wollten wir noch einen stehlen. Wir krochen über den Zaun zum *Milizianer* zum *Sitznieder.* Es war aber kein Hahn da, nur vier Hühner. Und wir haben eine Henne genommen und sie dann gerupft und auch in den Topf gesteckt. Und am Morgen als der *Milizianer* nach Hause geht, fragt seine Frau: „Hat es gut geschmeckt?" „Wunderbar, so kochen kann keiner." Und als sie am Morgen aufsteht, geht sie in den Hühnerhof und findet nur noch drei Hühner und sagt: „Du pass auf, du hast von deiner Henne gegessen, denn wir haben nur noch drei."

Erzählt von Ziegler Martin

245. Wie sie mir den Hahn geschossen hatten, hatte ich ein Gedicht geschrieben und ein jeder hat dieses Gedicht bekommen. So gedruckt und mit dem Absender: Tribunal Tîrnăveni und der Stempel von der *Cramă* (Weinkellerei), so dass niemand wusste. Als des *Barten Hanzi* seine Frau den Brief erhält und sieht: Tribunal (Justiz): „Kinder geht und sperrt zu,... Dein Vater haben wieder etwas angestellt, wieder etwas angestellt." Nun als der *Hanzi* nach Hause kommt, fängt er an zu lesen:

„C...cocoş a doua zi de paşti, frumos o cîntat,
a ajuns la noi la avocat.
(Der Hahn am zweiten Ostertag hat schön gesungen
nun ist es zu uns zum Advokaten gelangt.)

„Habe ich es euch gesagt, habe ich es euch gesagt, lasst den Alten in Ruhe, habe ich es euch gesagt.“ Dann fängt er ja an zu lesen, dann kann er nicht mehr weiter lesen, rumänisch kann er, sächsisch kann er nicht mehr lesen. „Was ist das jetzt?“ Na dann schaut er ja auf den Absender: *Der Kokeschrichter Hone Marz (*Der Hahnenrichter Heiß Martin. „*Ziri, Ziri!* Du der Alte hat uns wieder gefoppt.“ Alle hatten so einen Schreck gekriegt, also vor dem Tribunal, und jeder hatte nur das Gedicht erhalten.

Erzählt von Heiß Martin

246. Es war die Nachbarschaft von der Wolfengasse und wir schossen auf den Hahn. Und als wir ihn geschossen hatten sagt einer: „Du wir haben den Hahn getroffen, aber den Fuchs hat keiner geschossen.“ Daneben stand der Szigyarto Martin und die haben den Spitznamen: Fuchs.

Erzählt von Ziegler Martin

247. Der *Fätzen,* die hatten dem Herrn Zimmermann den Honig gestohlen. Dieses kann der *Hon* so gut, der war nämlich auch dabei. Und sie waren gegangen und haben dem Herrn Zimmermann den Honig gestohlen. Der wohnte dort auf dem Predigerhof, zum *Olescher.* Und als sie ihn gefunden hatten, den Honig, war auch der *Framer Misch* gekommen. Er sagte dann im Vers:

Wir waren alle lustige Jungen,
dann kam dazu auch der *Fätzen* gesprungen.

Nun der war ja auch etwas älter gewesen und war auch da gewesen beim Honig und hatten gegessen und dann war es bekannt geworden und sein Vater hat den *Hon* geklopft und auch auf den *Ziegung* (eine Art Jugendgericht) sind sie gelangt. Dann durften sie ein ganzes Jahr nicht zum Tanz gehen.

Erzählt von Bloos Susanna geb. Friedsam

248. Der *Konik*, der hat beim *Szabo Mikonkel* gedient und die hatten drei oder zwei Katzen gehabt. Jedes Mal, wenn er zum Essen kam, haben sich die Katzen zu ihm auf den Stuhl gesetzt. Er hätte immer geschoben. Er hat die Katzen nicht leiden können und die Katzen haben sich nicht bewegt. Und dieser hat es dem *Szabo Janosch* gesagt. Hat der gesagt: „Lass ich sage dir, was du machen sollst. Wenn sie mal nicht zu Hause sind, dann steck sie in einen Sack und prügle sie, aber wenn du sie heraus lässt, dann mach mal: „Hm, hm!“ Dann sollst du sehen, du hast Ruhe. Und als sie wieder beim Tisch gesessen waren, waren die Katzen hereingekommen, aber nicht mehr zu ihm auf den Stuhl. Dann hätte er einmal gemacht: „Hm, hm!“ Die Katzen ins Fenster. „Um Christi Jesu Willen, was ist mit den Katzen, was ist mit den Katzen?“ Dann hat er später gesagt: „Na ich habe es gefunden, sie kommen nicht mehr zu mir auf den Stuhl.“

Erzählt von Bloos Susanna geb. Friedsam

249. In der *Roukestuw* (Spinnstube) um acht Uhr mussten die Jungen die Wirkeltschen (Spindelrädchen) von den Mädchen nehmen. Dann mussten die Mädchen die *Wirkeltschen* auslösen. Dann machten sie auch Spaß und gaben das *Wirkeltschen* auch einem Jungen, zu dem das Mädchen nicht gehen wollte. Man musste es mit einem Kuss auslösen. Dann ließ sie sich das *Wirkeltschen* lieber zertreten.

Erzählt von Depner Sara

250. Während eines Liedchens durften die Jungen nicht hineingehen in die *Roukestuw.* Und dann, wenn die Mädchen hörten, dass die Jungen kamen, waren die Mädchen schlimm, dann fingen sie immer ein Liedchen nach dem anderen an, dass sie draußen stehen mussten.Und es war ja Winter.

Erzählt von Depner Sara

251. Es war einmal eine alte Maid und die war noch nicht verheiratet und dann hat sie gesagt: *„Tie me laiwer Miertesdouch*
Wai te mich lesst, asi foindst te mich nouch.
Wun ich de Buerten uch iwert gar nouch soul dran,
azi soul det Donnerwäder de Kniecht of dem Glater erschlan.“
„Du mein lieber Martinstag
wie du mich ließest, so findest du mich noch.
Wenn ich den Borten auch nächstes Jahr noch soll tragen,
So soll das Donnerwetter die Knechte auf der Empore erschlagen.“
Am Martinstag wurde früher die *Breukt (*Braut /Verlobung) gemacht.

Erzählt von Depner Sara.

Blick auf die Empore,
die Seite, auf der die verheirateten Männer saßen

Die Freundinnen Walzer Sofia und Ludwig Traudi mit Tracht und Borten
an Pfingsten 1957

252. Früher musste die Jugend dem Herrn Pfarrer drei Tage im Jahr arbeiten. Und dem Liebchen hatte der Junge ein Glöckchen angebracht. Dann sah man, wer am *kernigsten* (fleißigsten) war. Immer wenn das Mädchen sich bewegte, so hörte man das Glöckchen.

Erzählt von Depner Sara

253. Um den kleinen Kindern Angst zu machen, sie sollen nicht in den Garten gehen, sagte man: „In den Garten darf man nicht gehen, sonst kommt die *Alwän (*Albin) mit den eisernen Brüsten“. Das ist nun so ein Witz.

Erzählt von Depner Sara

254. Einmal haben die Jugendlichen jemandem den Oleanderstrauch genommen und auf den Brunnenrand gestellt. Als die Leute in der Früh zum Tränken gegangen sind, haben sie den Strauch auf dem Brunnenrand gefunden.

Erzählt von Depner Sara

255. Der *Hanebrieder* hat seinem Vater den Ziehkürbis im Keller zerbrochen. Und schnell läuft er und kauft einen andern und hat aber nicht gesehen, der hatte ein zu langes Rohr. Und als sein Vater geht, kann er den Kürbis nicht hinein tun, er langte an die Decke an. „Du *Marzi,* lauf schnell zum *Graser,* wir sollen hier Stützen tun“. Er dachte es hätte sich gesenkt.

Erzählt von Depner Georg

256. Ich war mit den Schönauern im Keller und jeden *Hiewer (*Heber) mussten wir eine wenig abschneiden, sonst ging er nicht in die *Kof* (Fass) hinein. Nun ich hatte den Heber zerbrochen. Ich habe mich zu sehr beeilt. Und am anderen Tag ging ich zum Herrn Schuster und kaufte einen andern Ziehkürbis und legte ihn hin, hatte aber vergessen, ich soll ihn abschneiden. Nach etwa zwei Tagen geht mein Vater in den Keller und auf einmal kann er den Heber nicht hinein und kam hinauf: „Du *Marz,* du *Marz,* Schnell zum Graser, heute nacht hat sich der Keller gesenkt!" Sagte ich so: „Na der Keller wird ja so geblieben sein, ich denke nur der Heber hat sich verändert." „Na, Gott sei Dank", sagte er. Ich dachte aber auch Gott sei Dank, dass nichts anderes mehr passierte.

Erzählt von Heiß Martin

257. Dort oben, am Ende von der Wolfengasse wohnte eine alte Frau, die *Fussgris.* Dann wenn sie hinauf ging, hatten die Kinder immer Marmeladenbrot. Und dann verlangte sie auch immer *Laikesbrit.* Und diese größeren Mädchen hatten Kuhfladen genommen und hatten es ihr aufs Brot geschmiert.

Erzählt von Depner Susanna geb. Schuster

Alte Frau aus Bulkesch auf der Haustreppe

258. Früher, wenn man etwas Schlechtes machte, kam man auf den *Ziegung* (Jugendgericht). Und dann musste man Strafe zahlen. Und mein Vater erzählte, ihm wäre einmal ein Furz *entschnoppt*, mitten in der Kirche. Und dann hätte er fünf Lei zahlen müssen.

Erzählt von Bloos Susanna geb. Friedsam

259. Der *Binder Hanz, der Krup,* wie man ihn hieß und der *Ortius Marz,* denke ich, die hatten immer dem alten *Gärgel* die Milch getrunken. Die stellten sie immer ins Fenster zum Kaltwerden, denn das ist ja sehr hoch dort. Diese sahen immer den Topf da und gingen immer und tranken ihnen die Milch.Und der Alte an einem Abend, seine Frau sagte ihm: „Du, unsere Milch ist immer weg". Was denkt er: „Gib ihn dem Teufel den Topf und tut ein *Present* dort hinein, Er macht ein *Present* dort hinein. Und als der erste kommt, es kommt ihm einer bis an den Mund, er sagt nichts, gibt es dem anderen. Dann haben sie den Topf ja weggeworfen. Die haben keine Milch mehr gebraucht.

Erzählt von Gaber Michael

Dorfansicht 1960

260. Der *Rudonkel* und der *Wieweronkel* waren zusammen beim Militär gewesen , in der Küche. Der *Rudonkel* war richtig Koch. Zu Hause als Ältester von 5 Brüdern hat er mithelfen müssen und hat etwas mitbekommen und hat sich dort als Koch ausgegeben und hat es ja auch gemacht. Nun sollten sie für den nächsten Tag kochen und hatten Makkaroni zugeteilt bekommen für das Mittagessen. „Du, wie macht man die Makkaroni?“ „Weißt du was, wir weichen sie ein.“ Und hatten einige Kisten in den Kessel eingeweicht. Die sollten bis in der Früh halt eingeweicht sein. Als sie in der Früh aufstehen und nach dem sehen, hat sich das alles wie ein Brei gehoben und da war nichts mehr nur Teig. Und eine Angst: „Na Gevatter, jetzt sperrt man uns ein.“ Sie haben eine große hölzerne Stange genommen und haben das alles verrührt in dem Kessel und dann eine Kiste Marmelade dort hineingeworfen. Nun hat es nicht schlecht geschmeckt. Und haben noch etwas Salz getan. Es war wie eine Soße geworden. Sie hätten die *Muoser* (Soldaten) serviert und Kartoffelpüree gemacht. „So ein gutes Essen hatten wir noch nicht, seit es uns gibt“, hatten die gesagt. Mit den eingeweichten Makkaroni.

Erzählt von Orendi Herta geb. Gross-Bosch

Depner Johann und Weber Hans als Soldaten

261. Es war ein junger Lehrer in Bulkesch, den hat das Heiraten gepackt. Aber seine Geliebte war weit weg und er musste zu Fuß bis zur Bahn gehen. Und er kürzt den Weg ab und geht über Wiesen in der Früh und macht sich die Hose ganz nass. Beim Bahnhof steigt er ein in die Bahn und den Bahnfahrer kennt er und sagt: „Gib mir ein Abteil allein ich muss mir die Hosen ausziehen, ich muss mir sie trocknen. Der hat ihm ein Coupes gegeben, aber an der nächsten Haltestelle vergisst er und schickt einen andern. Der *Schismis* ausgerüstet mit seinem eleganten Anzug hatte sich ausgezogen und die Hose zum Fenster hinausgehängt sie soll trocknen. Nach der nächsten Station nur auf einmal hört er, es kommt jemand auf dem Gang und kommt an die Tür. Und dieser nimmt sich den Regenschirm, spannt ihn auf, damit man ihn nicht sieht. Mittlerweile war ihm die Hose hinausgeflogen und er war verzweifelt. Auf der übernächsten Station kam der Bahnfahrer und dieser hat ihn geschimpft. Und nun hatte er nur die Unterhosen an und das Heiraten war ihm vergangen.

Erzählt von Zimmermann Rudolf

262. Es war eine alte Frau gewesen, die hat *Depnerän* geheißen. Und ihr Sohn war zu einem *Fichen* (Sofia) *än de gous gongen* (hofführen gegangen) . Hat sie gesagt zu ihrem Jungen: „Ich soll dir was sagen, du Junge. Du sollst der *Fichen* nicht mehr hofführen. die darfst du nicht heiraten. Das ist ein armes Mädchen. Und von was wollt ihr leben, wenn du die heiratest?“ Und dann hat er gesagt: „Mutter, aus der ganzen Gemeinde gefällt mir keine wie die *Fichen* und ich gehe mit ihr und ich will sie heiraten. Hat sie gesagt:“ Du darfst nicht.“ „Ihr sollt es sehen, ich heirate sie.“ Nun war es vor Neujahr. Hat sie so gesagt: „Du Junge ich soll dir etwas sagen, weißt du Silvesterabend um zwölf“ - Früher haben die Leute mehr geglaubt an solche Sachen - „um zwölf, da geht der heilige Geist herum, und wenn man etwas Geld hat und es dem heiligen Geist gibt, dann bekommt man es hundertfach zurück. Und sie hat sich so arm immer hin gestellt und hat in einem Unterhosenbein die Pfennige versteckt gehabt, in ihrem Bett unter dem Strohsack und sie war drauf gelegen. Nun sagt sie: „Mein Hab und Gut um zwölf, wenn der heilige Geist herumgeht, so gebe ich ihm mein Geld auch.“ Denkt er: „Es ist gerade gut, dann bin ich der heilige Geist.“. Und um zwölf kommt er in den Garten im Hemd und mit bloßem Haupt durch das Scheunentor nach vorne aus dem Garten und kommt so mit *stracksem* Schritt. Sie war im Hof gestanden mit dem Unterhosenbein in der Hand, mit dem Geld, und er kommt und sie gibt ihm das Geld und er verneigt sich so schön, aber er sagte nichts und verschwand wieder durch den Garten. Na am anderen Tag, diese hat immer gewartet, vielleicht käme ja der heilige Geist zurück und würde ihr das Geld geben, es war ja Neujahrstag gewesen. Sagt er: „Mutter ihr sollt ein schönes Mittagessen machen heute und ich lade die *Fichen* auch ein zum Mittag. Ihr ist der heilige Geist begegnet und der hat ihr euer Unterhosenbein mit dem Geld gegeben und sie soll ihn euch überreichen.“ „Oje, mein Kind! Wenn das so ist, dann sollst du sie in meinem Namen einladen zum Mittag. Und ihr sollt beide kommen und dann darfst du sie auch heiraten.“

Erzählt von Werder Mathias

Das Brautpaar Ziegler Sara und Konnerth Martin

in Bulkesch 1954

SCHWÄNKE VON EHEPAAREN

263. Die Kuratorin hat den Pfarrer gern gehabt und sie hat dem Kurator immer in den Ohren gelegen, er soll ein Lämmchen kaufen. Nun hat sie gesagt: „Du Alter, du musst irgendwohin und ein Lämmchen kaufen“ und dann hat er gesagt: „Ich gehe ins Nachbardorf und bringe eins. Aber dann sollst du morgen den Mittag machen und dann rufen wir auch den Herrn Pfarrer zum Mittagessen.“ Er hat ja gewusst, dass sie den gerne hatte. Er kommt langsam herunter in der Gemeinde und die Dienstmagd hinter ihm mit einem Brief und eilt zum Herrn Pfarrer. Er nimmt den Brief und liest: Der Herr Pfarrer soll sich abends um acht in der *Turnats* auf dem Friedhof einfinden, sie würde auch dorthin gehen.

Turnats vom Bulkescher Friedhof, von wo der Pfarrer die Predigt nach er Beerdigung hielt und wo die Adjuvanten saßen

Er sagt: „Geh nach Hause und sag, du hättest ihn abgegeben und nicht sag, dass du ihn mir gegeben hast.“ Na dieser geht schnell und kauft von einem ein Lämmchen und geht zum Herrn Pfarrer und sagt: (Sie waren Gevattersleute mit dem Herrn Pfarrer.) „Guten Abend Herr Gevatter!“ „Guten Abend, wie kommen Sie einmal zu mir?“ „Na ich sage ihnen wieso. Ich würde den *Kreuserouk* (das Kirchengewand des Pfarrers) nur für ein paar Minuten brauchen.“ „Ich darf den ja nicht geben, Herr Gevatter. Ich habe das ja geschworen, das ist ja mein Ehrenkleid.“ Hat der gesagt: „Ich bin ja auch als Kurator im Kirchenamt und bringe ihn auch gleich zurück.“ Als er geht, ist seine Frau schon da und war gesessen dort drinnen auf der Bank und als er so hinein geht über den *Dirpel* (Türschwelle) bleibt er stehen und die Kuratorin kommt ihm so entgegengelaufen, fällt ihm um den Hals und drückt ihn.
Dieser fasst sie so unterm Arm und schleudert sie so auf den Boden und gibt ihr ein paar Schläge mit den Füßen in die Seite und geht auch gleich weg und lässt sie da.
Und er geht nach Hause, er hatte das Lämmchen ja gekauft. Nach einiger Zeit geht er hinein und sie liegt im Bett. „Guten Abend du Alte, was ist, du liegst im Bett?

„Was denkst du Alter, ich sollte in den Keller kriechen, ich sollte ein wenig Kraut bringen und etwas zu trinken, der Fuß entgleitet mir von der Treppe und ich stürze da hinab und habe mir die Seiten alles blau geschlagen mit den Mauerziegeln." „Das macht nichts" hat dieser gesagt. „Das macht nichts. Schau ich habe ein Lämmchen gekauft, wir sollen es schlachten. Morgen sollst du früh aufstehen und es braten und dann rufen wir den Herrn Pfarrer zum Mittagessen." Was sollte sie sagen. Nur auf einmal als der Herr Pfarrer kommt zum Mittag, dieser hatte keinen Wein gebracht und sagt so: „Herr Gevatter, Sie mögen es mir zu Gute halten, ich bin nicht dazu gekommen, eine Flasche Wein zu holen, aber ich gehe jetzt und hole." Er hat ihm den Stuhl neben die Kuratorin gestellt neben ihr Kissen und als er hinausgeht, er hat die Türe nicht gut zu gemacht, damit er ein bisschen hören konnte. Hat der Pfarrer gesagt: „Was ist mit Ihnen Frau Gevatter?" „Lassen Sie mich in Ruhe, Sie wissen es schon."

Erzählt von Werder Mathias

264. Die alte *Werderän* hatte immer Kopfschmerzen, es war ihr immer nicht gut, dass sie nicht mit ging mit ihrem Mann in die Arbeit. In der Früh wollte sie auch nie essen, wenn die anderen aßen. Eines Morgens war ihr Mann aufs *Hemmelts* (Dachboden) gestiegen, er wollte sehen, was sie am ganzen Tag mache. Sie wusste nicht dass er da war und hat sich die Pfanne auf den Herd getan und hat sich sieben Eier dort hinein geschlagen für Rührei machen. Dann war sie in den Keller gegangen mit dem Kännchen, sie soll sich Wein bringen. In der Zeit war er heruntergekommen und hat ihr noch sieben Eier hineingeschlagen und war wieder hinauf gekrochen. Und als sie aus dem Keller gekommen war, tat sie sich über das Rührei und aß. Als sie gut satt war und sah, dass sie nicht alles essen konnte, sagte sie: *„Moujen rink, dich und schrink dich, et äs ja nor dein gewunt Porzion!"* („Magen renke dich und schrenke dich, es ist ja nur deine gewohnte Portion") Dieser hört von oben zu und ruft: „Na warte *Zir!* Ich gebe dir Portion, deshalb tut dir der Kopf immer weh?"

Erzählt von Werder Mathias

Aufstieg zum Dachboden aus dem Haus

265. Der *Gliserän* ging bei die *Hesch Mani* (Schöne Frau) *än de gous* (hatte ein Verhältnis mit...). Und er war wieder öfter zu ihr gegangen, dann hat jemand an ihre Scheune geschrieben: „*Piter,* du kannst kommen, der *Maku* (Dumme) ist nicht zu Hause.“ Auf ihren Mann gemeint.

Erzählt von Bloos Susanna geb. Friedsam

266. Die *Schuster Jirkuän*, die war immer krank gewesen. Dann hat der Nachbar zu ihrem Mann gesagt: „Du Nachbar, ich weiß, was deine Frau braucht. Du würdest nur ein paar Haselnussruten aus dem Kirchenwald brauchen.

Erzählt von Depner Sara

267. Früher gingen die Männer auch fremd. Dann war einer gegangen, gerade der Großvater vom *Zank* und dann war die Herde gekommen, die Kuhherde und er hat in der Eile etwas verwechselt. Er hat sich einen Frauenschuh angezogen. Als er heimkommt, sagt seine Frau: “Du, wo bist du gewesen? Schau her, du hast dir einen Frauenschuh angezogen.“

Erzählt von Bloos Susanna

Seimann Samuel und Heda geb. Ludwig

268. Die *Bralleràn* hat *Hibes* (ähnlich wie Grammelpogatscherl) und ihr Mann war auch immer zu einer anderen gegangen, zur *Zikelischmidän*.. Und dieser hat sich wieder fein gemacht und sich schön angezogen und hat sich immer ein Stück *Hibes* in die Tasche gesteckt. Und als er einmal kurz hinaus geht, nimmt sie den *Hibes* und tut Dachziegeln in ein Papier und tut sie ihm in die Tasche. Und dieser war gegangen mit Dachziegeln zur *Zikelischmidän.* Na dann war er wütend gewesen: „Du hast mir Dachziegeln getan." „Lass, sie sind gut für die, nicht mein Gebäck."

Erzählt von Bloos Susanna geb. Friedsam

269. Der *Gaberbrieder* war nun in die Arbeit gegangen mit der *Gabersäster* und dann hat er gesagt: „Na *Rejin,* ich gehe jetzt heim, dass ich das Vieh versorge. Und als er zu Hause, war hat er sich über den Topf mit dem gebratenen Fleisch getan und hat gegessen und als die *Rejin* nach Hause kam, sagte er: „Heute Abend gibt es nichts zu essen." Was sollte sie nun, sie wird ja was gemacht haben.

Erzählt von Bloos Susanna geb. Friedsam

270. Der *Gaberbrieder* war auch immer nach Hause gegangen, er soll das Vieh versorgen, dann hat er zu seiner Frau gesagt: „Na,*Rejin,* mach noch ein bisschen und dann komm auch nach Hause. Dann war er nach Hause und hat sich über das gebratene Fleisch (in Fett eingelegtes haltbar gemachtes Fleisch) getan und hat sich satt gegessen. Als dann die *Rejin* heimkam, fragte sie ihn: „Na, mein Schatz, was sollen wir heute abend kochen?" Dann sagte er: „Wegen mir muss man nicht kochen, ich fühle, als wäre ich nicht hungrig". „Wenn du nichts isst, brauche ich auch nichts. Und sie war immer hungrig zu Bett gegangen.

Erzählt von Schuster Maria geb. Drotleff

271. Der Vater meines Mannes war gestorben, dann hat meine Schwiegermutter sich den alten *Konnerth* genommen. Der war auch ein großer Trinker. Dann hat sie sich auch immer ein wenig beiseite getan, ein wenig Schnaps, wenn man etwas nötig hat, wenn man sich das Korn gebracht hat. Dann hat sie sich einen Krug versteckt unter dem Rosenstrauch im Gärtchen. Der alte *Szabu,*des *Szabu Sep* sein *Ballegrisvouter* (Urugroßvater), der war Kamerad gewesen von dem alten *Konnert;* dann wenn diese Alte nicht zu Hause war gewesen, hat er gesagt: „Komm, du und gib unterm Rosenstrauch einen Schnaps." Dann war der Alte gegangen und hat ihn gefunden. Dann als die Zeit zum Dreschen war, war der Krug ausgelaufen. Es war nur der Rosenstrauch noch da. Dann hätte diese Alte gesagt: „Hei, du hast ihn auch dort gefunden." „Schweig du, der Krug ist dir ausgelaufen, wer sollte dir den Schnaps schon finden." Dann der alte *Szabu* hat gesagt: „Der war ja wirklich fein, der unterm Rosenstrauch." Der Krug war nicht zerbrochen, aber diese hatten ihn ihr gesoffen."

Erzählt von Elsasser Sofia geb. Schuster

272. Die Männer gingen doch früher immer so in eine Versammlung. Und wieder mal hatten sie über die *Truden* (Milchhexen) gesprochen. Nun hat jemand gesagt, die *Truden* hätten spitze Knie, an dem könnte man sie erkennen. Nun war der Mann heimgegangen und die *Zir* war im Bett gelegen und dieser hat die Steppdecke hochheben wollen und hat gesagt: „Deck auf, Deck auf!" „Lass mich jetzt, es ist mir nicht gut." „Deck auf du *Zir!*Und zieht ihr die Steppdecke weg und sagt: „Na, Gott sei Dank, eine *Trud* bist du nicht, aber den Möhrensamen von den Knien kannst du dir auch noch einmal waschen."

Erzählt von Konnerth Martin

Konnerth Martin und Sara geb. Ziegler
in der Bulkescher Tracht 1983

273. Der alte *Komi* war mit dem Dienstknecht in den Keller gegangen Wein trinken und der Reifen war abgesprungen und der Wein war ausgeflossen. Dann sagte er zu dem Knecht: „Du sollst es nicht sagen der Alten, nicht sagen sollst du es.“ Wie sie hineingingen trank sie gerade Schnaps aus dem Krug und vor Schreck, dass sie es gesehen hatten, war ihr der Krug hinuntergefallen. Dann sagte er: „Na jetzt kannst du es sagen, kannst es, dass der Wein ausgeflossen ist.“

Erzählt von Depner Susanna geb. Schuster

Kloos Mathias im Weinkeller

274 Meine Mutter und die Nachbarin, die *Kessertant* waren ja beide allein nach dem Krieg und dann haben sie miteinander Karten gespielt. Einmal hatten sie Streit wegen den Karten und da meine Mutter vor der *Kessertant* Brot geliehen hatte, wollte sie es zurückgeben, aber sie wollte es nicht selbst abschneiden und schickte meine Schwester, die Hildi mit dem Brot und einem großen Messer hinüber. Aber die wollte das Brot auch nicht abschneiden und schickte meine Schwester wieder zurück. Meine Mutter schickte sie wieder zur Kessertant und die schickte sie wieder zurück. Und so ging das hin und her bis meine Schwester anfing zu weinen und die *Kessertant* dann das Brot abschnitt und sprach: „Sag deiner Mutter, wir sollen uns wieder vertragen und sie kann auch wieder zum Kartenspielen kommen.“

Erzählt von Gerda Muckle geb. Wadt

IM WEINGARTEN

275. Als die *Liktant* und der *Schoujerdanonkel* in der Gruppe waren und die *Komichen,* hatte er einen Liter *Weinbrouk* (Brotscheiben in süßem Wein) gehabt. Und sie hatten ihm den Wein alles aufgegessen und das Brot gut ausgedrückt. Und am Mittag haben sie gesagt: „Kommt heute zu uns her zum Essen." „Ja, ihr, habt ihr heute etwas gutes?" Und er hat angefangen zu essen und hat immer geschluckt und geschluckt. Dann haben sie gesagt: „Na, schmeckt es *Schoujerbrieder,* schmeckt es?" „Ich weiß nicht," hat der gesagt, „meine muss vergessen haben, den Wein hinein zu schütten, es schmeckt nur nach Wasser." Dann haben diese gelacht und er: „Du ihr habt mir heute den Wein aus dem Töpfchen gefressen."

Erzählt von Schuster Sara geb. Bloos

Bulkescher bei der Weinverkostung in der Weinkellerei

276. Die *Blousegris* hat auch gesagt in der Gruppe: „Morgen bringe ich *Weinbrouk.*" Nun hat sie ja gemacht eine gute *Weinbrouk* und hat sie mitgenommen. Aber es hat es jemand gehört und der *Jorjonkel* hat den Topf genommen und hat in seiner Gruppe gesagt: „Na du, ich soll euch heute das Abendmahl geben." Und er hat allen ein bisschen gegeben und hat den Topf zurückgestellt und Wasser drüber geschüttet. Am Mittag, als die *Blousegris* ihnen die *Weinbrouk* gegeben hat, haben die Frauen gesagt: „Na du, du hast eine schwache *Weinbrouk.*" Dann hat sie sich ja so geschämt, aber sie haben ja dann gehört, was mit der *Weinbrouk* passiert war.

Erzählt von Schuster Sara geb. Bloos

277. Hinter der *Hamuch,* die *Pikesken* nahm sich die Jause immer in einem Töpfchen mit. Es ging noch keiner mit dem Töpfchen, da kam sie schon. Und dann hatte sie so gute Bohnen, grüne Bohnensuppe, gehabt. Sie hatten ihr sie gegessen und ihr Wasser drüber geschüttet. „Schmeckt es du *Ten,* das Mittagessen?“ Ich weiß nicht wie es schmeckt, ich habe es mir nicht sauer genug gemacht..“ Die hat gegessen mit einem Appetit. Dann haben diese gesagt: „Na du bist nicht heikel, morgen schütten wir dir nur Wasser und du isst es.“

Erzählt von Elsasser Sofia geb. Schuster

278. Die *Matschostertant,* die ist auch so lustig, die hat sich immer gejuckt auf dem Kopf und hat gesagt: „Ach ich habe mir den Kopf so lange nicht gewaschen, auch seit einem Jahr lang nicht.“ Dann hat die *Pikes Ten* gesagt: „Ach, ich habe mir es auch seit zwei Jahren nicht gewaschen, aber deshalb fühle ich mich gut.“ Dann die *Matschostertant,* die redete immer so Blödsinn, damit diese auch redet. Dann lachte die ganze Gruppe. Dann verging der Tag halt schneller.

Erzählt von Elsasser Sofia geb. Schuster

279. Als wir in die Gruppe gingen, da kam auch die *Mouiesäster,* des *Mouie Rud* seine Mutter. Nur einmal sagte der *Jorjonkel* zu ihr: „*Mouiesäster* , wie alt seid ihr?“ „Na, na, *Jorj*, ich, ich bin alt.“ Sie wusste nicht, wie alt sie war. „Aber dennoch, wie alt seid ihr? Ihr sagt immer, ihr könntet nicht sehen und nicht unterschreiben.“ „Ja, ja, du Junge ich bin alt.“ „ Seid ihr ein dreier (1903)?“ „Ja, ja, gerade ein dreier bin ich.“

Erzählt von Bloos Susanna

280. Die alte *Riffeldän,* als sie in die Weinlese ging. Die Frauen trugen dann immer auch Trauben nach Hause. Dann hatte man auch nicht immer Zeit. Man fand ja nicht unbedingt immer schöne Trauben. Dann hat sie sich vorne einen Löffelsack angebracht unter den *Pändel* (Rock). Dann am Löffelsack stand geschrieben:

Blank und rein
sollen die Löffel sein

Diese Alte näht sich den Löffelsack verkehrt herum an. Als sie sich gebückt hat, haben die Leute gelesen unter dem Rock:

Blank und rein
sollen die Löffel sein.

Dann hat der alte *Zoppelt*, der war immer Weingartenhüter gewesen, dann hat er gerufen: „**Blank und rein**
soll verschwinden.“

Erzählt von Elsasser Sofia geb. Schuster

276. Dem *Gad* haben sie im Weingarten das Henkeltöpfchen genommen und Pfannkuchen darauf gelegt. Sie hatten ihm nichts gegessen. Da hat der sich aufgeregt, er wollte sie ins Gericht geben. Und dann haben sie fünf Liter Wein bekommen, damit alles wieder gut sei.

Erzählt von Schuster Maria

In der Weinlese 1963

277. Wir sind in den Weingarten und haben uns alles mitgenommen zum *Platschinta* (Pfannkuchen) backen. Dann haben wir uns gut satt gegessen und einen haben wir an einen Rebstock angebracht und als Fahne hingehängt.

Erzählt von Thellmann Sofia geb. Schuster

278. Der *Woilzer* verstand sich gut mit dem *Herr Dokter Kenst* und einer Tages hat er zu ihm gesagt: „Herr Doktor ich habe einen Durchfall, dass ihr euch gurgeln könnt." Nur hat der gedacht: „Na lass, ich mach dir es" und hat ihm etwas gegeben. Na am andern Tag treffen sie sich auf der Straße. Da sagt der Doktor: „Na wie geht es Herr Walzer?" „Jetzt ist er hart, dass ihr euch die Zähne ausbeißen könnt." Als dieser das hörte, sagt er: „Sie sind ein Schwein, Herr Walzer." „Sie ein studiertes Herr Doktor, sie ein studiertes."

Erzählt von Konnerth Martin

Beispiel eines Schwanks in der Lautschrift im Bulkescher Dialekt:

2. Jugandtstreiche

149. Dein motər ux də Rəudə Rejinitant, dïə wunst də tsigun dər Bandi də ə/əm Maimərhauf, mər wəuən erər ən füirtsen tsəzumən. nix wai zelə mər dezən dər foeukər birə shtələn. Dər tsigun met seinəm šəujər kumə zə met dər šturmlamp en də gəurtən zə züilə zaiən wii wet kun bai də birən. Də birkər hengə riit ənt dai tswa əuldən də Maimərzestər ux er motər lesə zə net baizə. Məuxtə mər əzi: „Ha la:t miir məuxən ən də figûre". ə est nixən." Vum šulər, məuxtix „ne pastal." Ex ux de vəutər miir kriuxən iwərən met dəm dra:t, bugtən ən en də špötst un en də left en də spetst ux dən dra:t ərua durx dən tseuŋ ux tsəm Šulər en də gəurtən dəur zwiin bredəl un ənt erər fait düzə mər, ux nəux də bledər fiələn ərua. Horiist kraišt der: „Hai mə šogore hai, mə!" əzi wai zəkumən aŋdər də bum met dər šturəlamp, genər kum nəux met dər gəufəl, noriist düzə mər ux nest hiirtəm, də məidšər ləujə štel ləindrəm tseuŋ wai də məiskər, nemasthən hiirtəm. Ux nəux də šturmlamp wəur əm əntfalən ənt də Birən hadə zə zəšlo:n. Net gəauil zə wəurə releriirt. „Ha nu ne mai trebuie pere." Tra: hadə mər də birən afgəkleuft.

Erzählt von Zoppelt Karl

VIII. Anhang

1. Lautschriftzeichen.

In der Schreibweise orientierten wir uns nach der Lautschrift des Siebenbürgisch sächsischen Wörterbuches, Bukarest, Berlin, 1971.

Abweichungen der Schriftsprache sind zu lesen:

I. Vokale

ei - e - i

ie - i - e

ii = zweigipfliges i (für Hermannstädter i:)

oe - o - e

ue - u - e

Besondere Lautzeichen

ạ dumpfes a

ẹ offenes e

ị geschlossener Mittelgaumenlaut ohne Lippenrundung

ọ offenes o

ö̩ offenes ö

ə Murmel - e (auch in betonten Silben)

II. Konsonanten

p, t, k; meist nicht behauchte Fortes

s stimmloser S-Laut

š stimmloser Sch-Laut

ts hochdeutsches z

χ stimmloser Ich-Laut

x stimmloser Ach-Laut

ŋ Gutturalnasal für n

: bedeutet Länge

( ) In Klammer stehen schwach artikulierte Vokale (Gleitlaute)

b, d, g - stimmhafte Lenes

z stimmhafter S-Laut

ž stimmhafter Sch-Laut

ds stimmhaftes Z

j stimmhafter Ich-Laut

ġ stimmhafter Ach-Laut

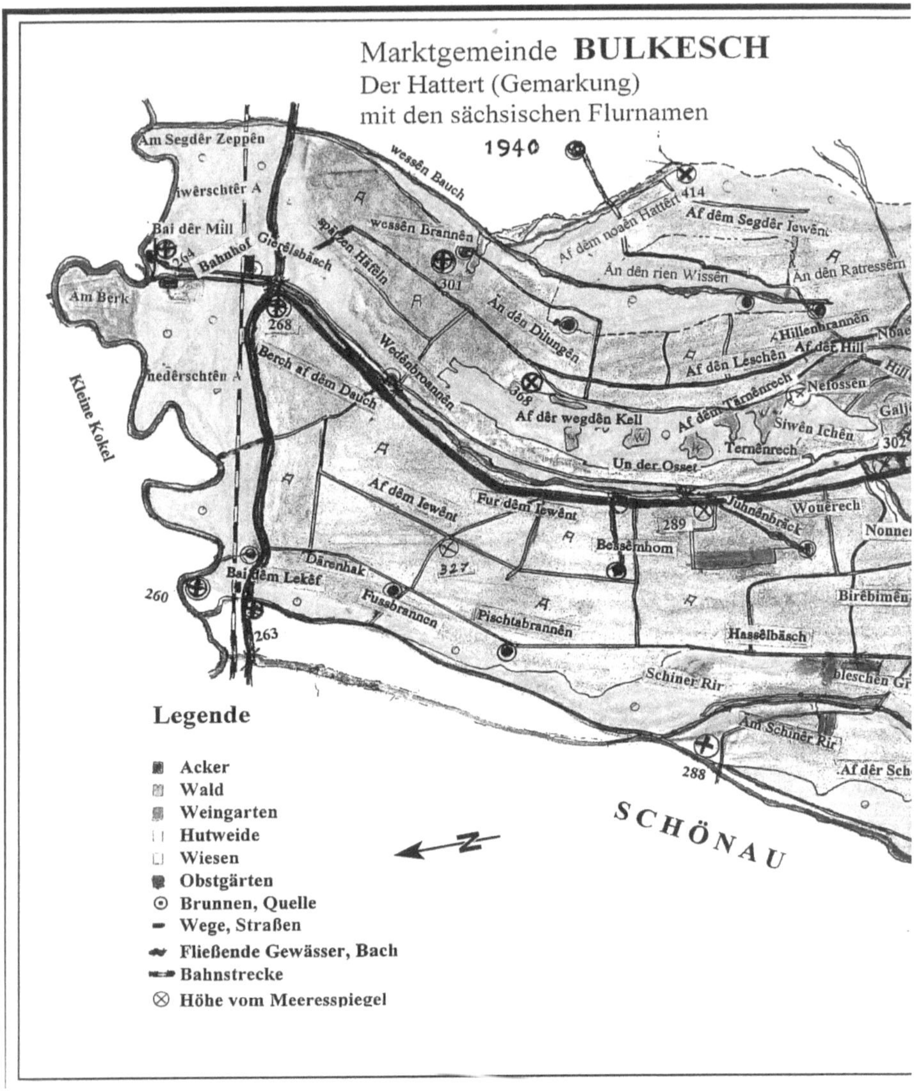

Bulkescher Karte erstellt von Martin Schuller aus Bulkesch

Streitgespräch zwischen **Wiese** und ***Kokel***: **„Krummherum, wohin sollst du?"** ***„Abgeschorene, was fragst du?*** **„Bin ich so sehr abgeschoren, wie du im Winter neben mir gefroren?"**

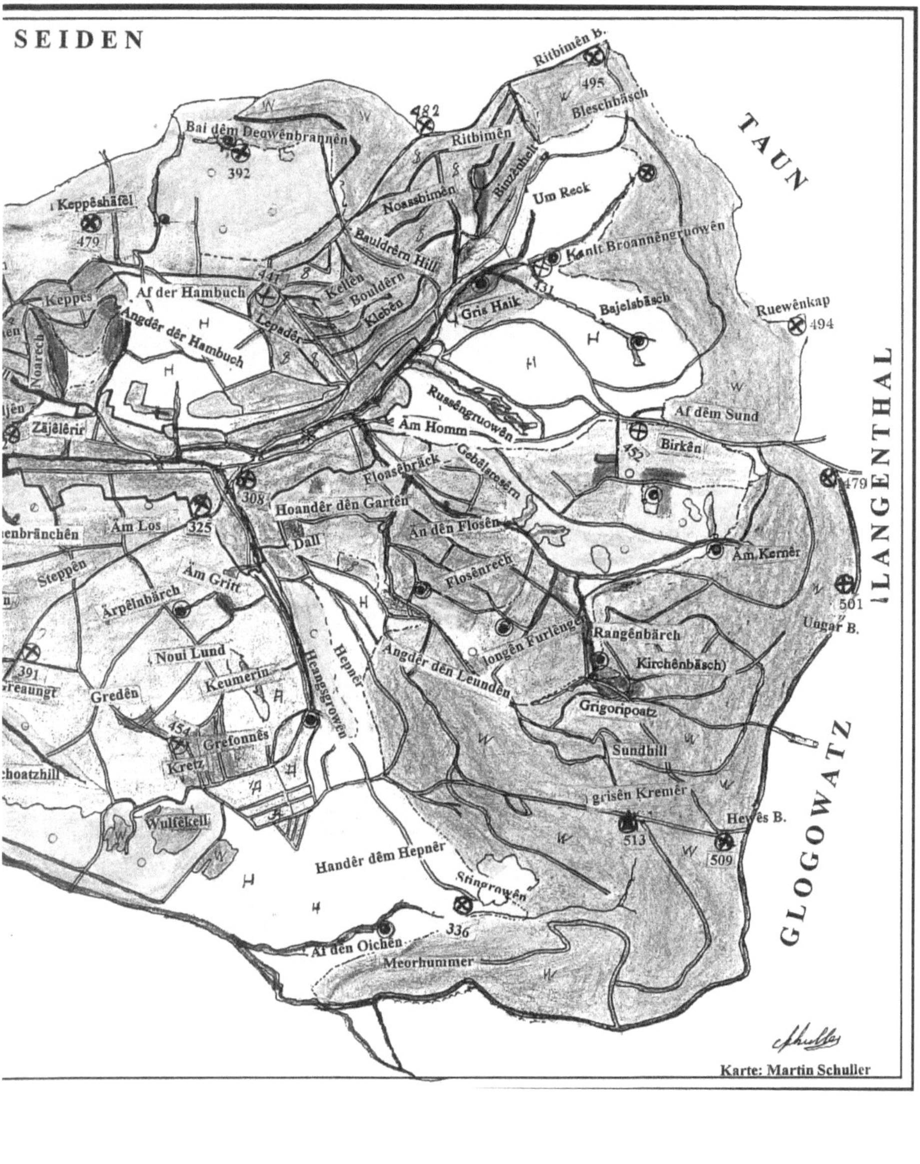
SEIDEN
TAUN
LANGENTHAL
GLOGOWATZ
Bai dêm Deqwênbrannên
392
Keppêshäfel
479
Ritbimên B.
495
Bleschbäsch
482
Ritbimên
Binzähelt
Um Reck
Noassbimên
Bauldrêrn Hill
Kellên
Bouldêrn
Klebên
441
Af der Hambuch
Angdêr dêr Hambuch
Lepadêr
Keppes
Noarech
Kanlt Broannêngruowên
431
Gris Haik
Bajelsbäsch
Ruewênkap
494
Russêngruowên
Ȧm Homm
Af dêm Sund
Birkên
452
Zäjêlêrir
Floasêbräck
Gebêlarosêrn
308
325
Hoandêr dên Gartên
Am Los
Dall
Ȧn dên Flosên
479
Am Kernêr
Steppên
Ȧm Gritt
Ärpêinbärch
Flosênrech
501
Ungar B.
Rangênbärch
longên Furlênge
Angdêr dên Leunděn
Kirchênbäsch
Noui Lund
391
Keumerin
Hepnêr
Heangsgrowên
Gredên
Grigoripoatz
454
Grefonnês
Kretz
Sundhill
grisên Kremêr
513
Hewês B.
509
Wultêkell
Handêr dêm Hepnêr
Stingrowên
336
Af dên Oichên
Meorhummer
Karte: Martin Schuller

Schlusswort

Ich hoffe, dass die Leser dieses Buches genau so viel Spaß haben wie ich, als ich die Erzählungen gesammelt hatte und jetzt ins Deutsche übersetzt habe.

Diese Geschichten geben viel mehr Aufschluss über dieses siebenbürgische Völkchen das Jahrhunderte seinen Traditionen und Bräuchen treu geblieben war, als jede Beschreibung.

Die Verse, die Otto Piringer in seinem Werk ***Der Merenziker, Hermannstadt 1937*** sagt, sind auch stellvertretend für die Menschen aus **Bulkesch:**

E Mängsch, di niche Spaß verstiht	Ein Mensch, der keinen Spaß versteht
Äs liewendich schin halwig dit.	Ist lebend schon halb tot.

Ich möchte hiermit auch meinen Dank an alle Erzähler aussprechen, die dazu beigetragen haben, dass dieser Schatz an Volksdichtung nicht verloren gegangen ist. Auch an Sara Klein und ihren Vater Martin Schuller für die genaue Karte von Bulkesch möchte ich meinen Dank aussprechen.
Auch jenen, die dahingegangen sind, danke ich und freue mich, dass ein Teil von ihnen, der Humor, durch dieses Buch bestehen bleiben wird und durch unser Lachen lebendig bleiben wird.

Ein besonderer Dank gebührt meiner Zwillingsschwester **Katharina Zoppelt,** die als erste die Idee hatte, die **Volksdichtung aus Bulkesch** zum Thema unserer Diplomarbeiten zu machen und die auch die Anregung gab, unsere Sammlungen ins Deutsche zu übersetzen. Leider weilt sie nicht mehr unter uns, aber ich werde versuchen, unsere gemeinsamen Ziele fortzusetzen.

In Mühlbach 1975

Katharina Zoppelt geb. Depner
(*05.01.56, † 12.11.2011)

Regina Ludwig geb. Depner

In Verlag **www.epubli.de** erschienene Bücher von **Regina Ludwig**:

Ich suchte den Ort der Liebe
Die Lebensgeschichte
von Susanne Depner
ISBN: 978-3-8442-5245-3

Meine Katzen
von Regina Ludwig
Zeichnungen von Evelyn Ludwig
ISBN: 978-3-8442-4641-4

TRAUERGEDICHTE
GEBETE UND ANDERE VERSE
von Regina Ludwig
ISBN: 978-3-8442-3984-3

Die zauberhafte Welt der Steine
für Große und Kleine
von Regina Ludwig
ISBN: 978-3-8442-4633-3

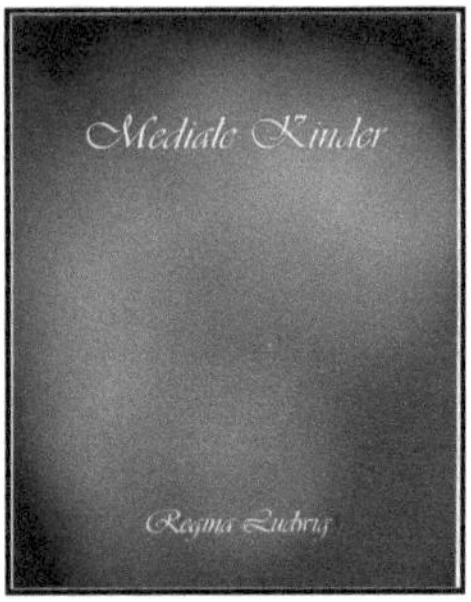

Spuren eines Lebens
Übersicht der Werke
von Katharina Zoppelt
von Regina Ludwig
ISBN: 978-3-8442-7423-3

Mediale Kinder

von Regina Ludwig

ISBN: 978-3-8442-3726-3

Alle Bücher können bei mir: **Regina Ludwig**, tel. 08293-951737 bestellt werden oder per E-mail : info@naturpark-trimana.de, oder direkt beim Verlag unter **www.epubli.de**.

ISBN 978-3-8442-7738-8
9 783844 277388 00001
www.epubli.com